文化冲突与文学之辨

——岭南香山的文学本土化视角

阮 波 著

暨南大学出版社

JINAN UNIVERSITY PRESS

中国·广州

图书在版编目(CIP)数据

文化冲突与文学之辨:岭南香山的文学本土化视角 / 阮波著.—广州:暨南大学出版社,2015.8
ISBN 978-7-5668-1545-3

Ⅰ.①文…　Ⅱ.①阮…　Ⅲ.①文学研究—广东省　Ⅳ.①I209.965

中国版本图书馆 CIP 数据核字(2015)第 155938 号

出版发行:暨南大学出版社

地　　址:	中国广州暨南大学
电　　话:	总编室(8620)85221601
	营销部(8620)85225284　85228291　85228292(邮购)
传　　真:	(8620)85221583(办公室)　85223774(营销部)
邮　　编:	510630
网　　址:	http://www.jnupress.com　http://press.jnu.edu.cn

策　　划:	余　丛
策划编辑:	杜小陆
责任编辑:	潘江曼　杜晓杰
责任校对:	周海燕
排　　版:	中山市人口手文化传播有限公司
印　　刷:	佛山市浩文彩色印刷有限公司

开　　本:	850mm×1168mm　1/32
印　　张:	6.75
字　　数:	170 千
版　　次:	2015 年 8 月第 1 版
印　　次:	2015 年 8 月第 1 次

定　　价:	28.00 元

(暨大版图书如有印装质量问题,请与出版社总编室联系调换)

目　录

前　言

一

20 世纪之前的几个世纪，西方中世纪的精神苦恼使得近现代的西方人不得不借助文艺复兴、宗教改革、启蒙运动等一系列运动，尝试寻找出路。在培根"知识就是力量"的豪迈口号的鼓舞下，人类从蒸汽时代、电气时代一路走到现在的互联网时代，从哥白尼的日心说到达尔文的进化论再到弗洛伊德的精神分析"性原欲"，人类的自尊心面临了三次重大挑战……科技的发展为人类展现了光明，从长远的角度看仍然是人类的巨大福音。但现代技术的无限扩张，也将人性的诗意与存在遮蔽。

如何用文学和艺术来对抗僵硬的技术框架，使被日益物化的人类重归自然与和谐？人类固执地寻找着精神解脱与人生幸福的最佳途径，不管幸福的本质是肤浅也好，乏味也罢，几千年来，人们无非是在寻找获得幸福的方法，最后的选择还是妥协与平衡——在肉体与精神之间，在感性与理性之间，在现实与理想之间，在人性与神性之间，在天国与尘世之间，在悲剧与喜剧之间，在亚当与夏娃之间，在过去与未来之间，在创造与毁灭之间，在美善与丑恶之间，在野蛮与文明之间，在真挚与虚伪之间，在上帝与魔鬼之间……尽管西方人经历了古典主义、浪漫主义、批判现实主义、现代派等各种不同的文学样式，但世界文化的漫漫长路上依然迷雾蒙蒙，文学则是那一线熹微的晨光，昭示着无限的希望。

如何才能诗意地栖居在大地上——这也是近现代东方的岭南、香山①世界探寻的问题。科技进步的便利和生产力的提高，在为人类开辟更加广阔的活动范围与提供更加强大的征服手段的同时，加速了世界各地区文化的传播和思想的交流，使得近代中国的社会变革成为可能。地处东南沿海的香山，由于临近穗、港、澳的特殊地理位置，也在近现代这场经济与文化的全球化浪潮中，率先进入世界语境，"开启了学习西方思想文化和科学技术的闸门，香山人在中西文明和古今文化的碰撞中，较早地实现了思想观念和价值取向的创造性转化，在这种千年未有的大变局里自觉地追寻着国家富强、民族振兴和人生幸福的梦想"②。

开拓创新、兼容并蓄，是咸淡水相交之地的香山人的文化性格与精神气质。"在深受香山本地山川水土、风俗习惯、文化教育等熏陶的同时，香山人也受澳门和香港两地生动鲜活的西方文化的浸润，特别是西洋美学思想、艺术流派和审美情趣等的影响。"③在近现代中国乃至世界局势急剧转型的大时代背景之下，香山人的见多识广、思维活跃、反应敏捷以及求知欲与好奇心，使他们具备走出家门、锐意创新、务实进取、敢为人先、充分实现个体生命价值的能力、条件与氛围，给当地的文学艺术创作带来清新之气，也因此造就了人才外出的过程中人才辈出的盛况。

于近现代之交崭露风采的半僧半俗的香山人苏曼殊，以及现当代文学尤其是解放区文学无法忽略的经典人物阮章竞，皆为香山文化向外部

---

① 香山：古时县名，主要地域涵括现广东省中山市、珠海市、今广州市番禺区部分地区，以及澳门特别行政区。本书研究主要定位于近现代的香山及当代的中山。
② 胡波：《中山史话》，北京：社会科学文献出版社 2014 年版。
③ 胡波：《中山史话》，北京：社会科学文献出版社 2014 年版。

世界延展的典范，也是值得今天的本地研究者就案搦管、怃然其间，而后力疾书语于笺素的个案。

二

凡是对历史稍有兴趣的人，都会发现这样一种现象：无论是研究历史还是审视现实，杰出人物和重大事件总是遮挡我们的视线，影响着我们的思维和判断；全部历史的真实和社会生活的全貌，总是被杰出人物的作用和重大事件的影响所遮蔽。最明显的例子就是本身具有地域特色而又丰富多彩的香山文化，就因岭南文化的定格和孙中山的声名而湮没，以致长期以来岭南文化覆盖了香山文化，孙中山研究替代了香山名人的研究。这种"抓大放小""目光向上"的价值取向和思维定式，既不利于深化和拓展人们对中山名人文化的认识和了解，又不利于本土香山文化的传承和创新。①

作为香山文化核心之地的中山，是个人文传统悠久、人文积淀深厚的地方。近现代以来，由于其地处中西文化交汇之地，得风气之先，诞生了一大批在政治、军事、经济、文化等领域取得杰出成就的人物，在中华民族历史上谱写了光辉灿烂的篇章。仅在近现代文学艺术方面，杰出的代表人物就有能诗擅画、才情非凡的苏曼殊，有写下著名的《漳河水》、在中国文学史上占有重要地位的阮章竞，当代有茅盾文学奖获得者刘斯奋，有美术大师黄苗子、方成，还有"跨界音乐大师"李海鹰等，由此聚合而成的名人方阵，实现了对香山文化整体氛围的延续。唐廷枢、徐润、郑观应、马应彪、郭乐、蔡昌、蔡山、李敏周、刘锡基、容闳、

---

① 胡波：《中山文艺家评传丛书总序》，《阮章竞评传》，桂林：漓江出版社2013年版。

王云五、钟荣光、苏曼殊、阮玲玉、郑君里、萧友梅、吕文成、张慧冲、郑志声、郑景康、特伟、方人定、古元、阮章竞、黄苗子、方成、萧淑芳、唐涤生……在与香山文化相连的一串长长的名字中，本书选取了苏曼殊、阮章竞作为香山文化系列基础性研究的开始，并陆续获得了苏曼殊的曲折身世谜中有谜、阮章竞的歌剧唱词蕴含中国古典戏曲之妙等种种令人惊喜的发现。

对文本的深入研究使人强烈感觉到，无论是苏曼殊还是阮章竞，都生活在近现代的中国那样一个风起云涌的过渡时代，其文化冲突的恢宏局面与今日相较可谓有过之而无不及。如果可以将那个时代类比为中国的思想启蒙运动或文艺复兴运动的话，中西文化之间、古典传统与新思想之间的化学反应，无疑充分显现出与西方文化运动先驱相同的许多特征，纠结着无处不在的文化冲突：一边是封建思想的残余，一边是民主思想、怀疑论者和个人主义；一边是救国救民的济世热情，一边是悲观厌世的消极情绪；热衷于对传统儒道释的传承与批评，又极为关注西方外来文化；既向往民主革命的新世界，又与旧世界有着千丝万缕的瓜葛；既有开拓新生活、新世界的非凡勇气与才能，又有属于过往时代的陈腐气息和怪诞作风。那样一种时代背景，往往"时势造英雄"地铸就一些带有明显的自我矛盾特征的伟人，混杂着一些旧历史的残余和新时代的萌芽，但是要重建新的秩序，必须有这样理直气壮、无所顾忌打破旧世界的人，这也许就是所谓的"先破坏后建设"，他们所开创的由己及他的无序状态乃是拯救世界最直接与有效的方法。

三

当代的中国，再一次处在各种文化的剧烈冲撞与融合之中。我们有关文艺创作的所有研究，包括岭南、香山的文学本土化研究，都应该在文化冲突的大背景下，观照文学活动的传承性与复杂性。文学艺术当然不是每隔若干年就另起炉灶的新创造，这里面有逻辑、线索和脉络。有些历史的叙事方式与角度有所改变，但不意味着整体向度的改变。问题是，在这种大的传承之下，文艺是否在从普遍性向个体性转变的同时觉悟到些什么？

我们今天所处的语境是，时代赋予了文艺以更广阔、更直接的平台，不再是小众的、贵族式的、小范围的；这同时又有着另一面：漫天飞舞的报章网络、天女散花般的花哨名词、层出不穷的江湖流派、群情汹涌的全民写作，五千年的中国文字似乎被倒腾得沸沸扬扬，加之各式名目的文学会议与活动使人鼠窜，让人找不着北。中国目前的种种文化现象，正是基于之前长时期演化的结果——补偿、反刍、不知所措，某些作品更因浓烈的低俗性而呈现出一副喜剧的滑稽面貌。任何时代，我们都不能由于对悲剧的过度迷恋，而忽略了喜剧的制约作用；也不应以喜剧使我们快乐为借口，而坠入全民皆欢的可怕境遇里。生命力、大智慧、真功夫、独立性、洁净力、尊严果真被"无知者无畏"取代的话，人性的光芒、社会的希望如何得见？

以上发生在中国文学现场的种种情形，在改革开放前沿的岭南地区亦斑斑可见。我们将关注的目光挪移、聚焦到岭南，选取了比较有特色的岭南散文创作现状以及岭南少数民族文学创作这两个立足点进行样本分析，将其作为香山文化的背景与序幕，试图鸟瞰这一地区目前文学创作的总体特征与趋势。作为主体部分的香山文化与文学的研究，在背景篇之外相继分为历史篇、当代篇、综述篇几部分。在对相关案例进行对比筛选、资料搜集与文本分析之后，得出有关岭南与香山文学的三方面结论：①异质文化的碰撞使这一地域的文学元素呈现出一种杂交优势与生命力，具有先天的审美优势；②民族地域寻根等的文学本土化写作可说是寻根文学的一种延伸，有传承意义；③探索该地区文学面对文化冲突的局限性及出路，对新的创作有指向性影响。

而研究以上问题的核心，则是岭南特殊的写作语境使当地传统资源、民族文化、外来文明之间有着最大程度的整合，不同文化接触和文化冲突的频繁发生，对自身文化的生存与发展的焦虑无法避免，形形色色的交往无论有无火花都昭示着异质文化的双方或多方可以通过寻找相互之间的文化契合点，来达成更多合作与对话的空间和可能性。改革开放的移民浪潮改变了南方尤其是珠三角的文化生态圈，进而在文化融合中形成了文化共同体。开放包容、和而不同是这一地区文学在改革开放前沿最为突出的特点。

四

由此观之，我们所安身立命的这个地域，关于其文化与文学的主题恐怕也很难有明确而统一的答案。每个城市总有一些灵魂般的东西深藏在表象之下——有些时候，它是一种影像，会在某张老照片上稍稍探一下头，又或者在某幢旧楼的檐角静静伫立；有些时候，它是一种声音，会在某首民谣中低低吟唱，又或者在一句方言中匆匆闪过。

可是，真正的城市之心到底是怎样的调子？尼采曾说："当我想以一个词（word）表达'音乐'时，我只找到了'维也纳'；而当我想以另一个词来表达'神秘'时，我只想到了'布拉格'。"那么，岭南背景下的香山文化的关键词又是什么呢？

事实上，无论是这城市身上贴有的引人注目的特质与标签，还是那些奇异偏僻、像生命密码一样的东西，都同样弥漫在城市之书的字里行间，拼凑出城市的种种模样和气质。当然，我们如今见到的岭南、中山以及曾经的香山，随着时光的推移，已经或将会蜕变成为历史的一部分。

而我们所要研究的这部分地域文化，至于其温润祥和的背后隐藏着一些什么深刻而隐秘的内容，大概是一般人无暇顾及也不想深究的部分。那些我们平时不常关注到的地方，那些隐藏在文字中的线索，是否镌刻着与城市命运息息相关的生命脉络？这又是否是其既新且旧、既增长且消减的本质所在？

香山文化的整个创作群体也在尝试着从不同的角度、以不同的形式及途径，多方位地去丰满岭南背景下的中山。在综述篇中，我们从多个方面深入而综合地观测了当代中山文学、文化对香山文化的传承，在不可不说丰富、缤纷、多面的同时，也同样不得不客观而中肯地对其创作盲点进行自检性评价：例如对香山文化的创造性传承不够，对经典人物与作品的历史描述缺乏深度挖掘和准确定位，没能从一个城市升降浮沉的角度去对整个社会形态的沧桑变幻进行深刻表达，从而升腾出对香山文化曾有的"辉煌时代"的缅怀，以及新时代背景下促使新文化生成的责任，这些似乎都是香山文化视域里不可忽略却有所缺失的部分。

这许许多多的文章无论有什么样的结语，都正好切合高速经济发展下的不安与矛盾，以及经历文化冲突中的和美与发展。这些文字，穿行于岁月之中，构筑出文字光影中一个城市的沧桑变化，塑造了其多面形象，使得一个城市更为立体、更为人性。当然，各式各样的文字有着不同方向的延伸，可能是有关香山文化的真实答案与秘密，也可能是这块地域之上文人墨客的想象与浮世的交相写照。我们翻开任何一个活生生的文本，都如同在现实中寻找答案；徜徉其间，亦是获得了一把解读香山文化的钥匙。

历史篇

大师的时代身影

唯佛理与其生命共存

——苏曼殊的宗教文化情结

出世与入世的双重人格

中国传统文化中最具影响力的儒道释三家，虽只有佛教在汉代由印度传入中国，但在中国生长的漫长岁月中，也早已为中原文化交融同化，于国人生活中、意念里、情感上无处不见其闪光与沉淀。而佛教文化于中国文学艺术创作领域的影响，尤其是在 20 世纪初的现代作家身上，萦绕不去地形成整体氛围，也雾里看花般地增添着深浅不一的文学趣味。时隔一个世纪，与佛有缘的这些大师们——陈独秀、胡适、鲁迅、周作人、许地山、废名、老舍、沈从文、施蛰存等，要么佛光一闪、偶有所得，要么钻研佛经、愿参其详，要么将佛家教义作为人生修为渗入日常生活之中。像苏曼殊这般决绝诡谲、削发为僧且数度出入佛门者，则绝无仅有。佛教的普度众生、无拘无束、无我苦行、一蹴成佛在他是人生理想的显现，更清晰地证实了佛家是他以信仰的纯净与热情消弭人生的万般无奈与苦痛的不二法门。他唯愿借遁世之朴实清淡获得现世冲突的短暂解脱——如笃信无扰，何来数度还俗以及身在佛门的不曾消停；如若不诚，又何来数度削发以及困顿之时的佛家乃我家之心灵归宿。苏曼殊的矛盾、复杂、独特由此凸显，一直以来评论加诸于他的"信徒""皈依""大师"之名，实笼统又失真。

然而，又有另一些研究认为，苏曼殊与佛门几进几出的缘分的确说明了他是一个"倾心沉迷宗教情结却又始终无法摆脱现实困扰的典型"①。南怀瑾在《中国佛教发展史略》中对苏曼殊的评价全然是另一个向度："在民国初年以迄现在，由章太炎先生与'南社'诗人们烘托，擅长鸳鸯蝴蝶派的文字，以写作言情小说如《断鸿零雁记》等而出名，行迹放浪于形骸之外，意志沉湎于情欲之间的苏曼殊，实际并非真正的出家人。他以不拘形迹的个性，在广州一个僧寺里，偶然拿到一张死去的和尚的度牒，便变名为僧。从此出入于文人名士之林，名噪一时，诚为异数。好事者又冠以大师之名，使人缁素不辨，世人就误以为僧，群举与太虚、弘一等法师相提并论，实为民国以来僧史上的畸人。虽然，曼殊亦性情中人也。"②

苏曼殊生活在中国一个风起云涌的过渡时代，如果可以把他生活的那个时代类比为中国的文艺复兴运动或思想启蒙运动的话，他身上无疑充分显现出与西方文化运动先驱相同的许多特征，纠结着无处不在的双重人格：皈依佛门却又是个非唯心主义的阶级论者；有封建思想的残余又是具有民主思想的怀疑论者；既爱国，又有盲目排满的狭隘民族主义和个人主义；既有救国救民的济世热情，又有悲观厌世的消极情绪，既出世又入世；既热衷于对传统儒道释的传承，又热爱西方外来文化，精通多国语言，翻译大量西方经典；既参禅拜佛，又放浪形骸，沉迷于声

---

① 刘勇：《中国现代作家的宗教文化情结》，北京：北京师范大学出版社1998年版，第88页。
② 南怀瑾：《南怀瑾著作珍藏本·第五卷》，上海：复旦大学出版社2009年版，第433页。

色犬马之中；既向往民主革命的新世界，又与旧世界有着千丝万缕的瓜葛。

那样一种时代背景，往往"时势造英雄"地铸就一些伟人。与苏曼殊同时代的那些伟人身上也都带有明显的自我矛盾的特征，混杂着一些旧历史的残余和新时代的萌芽：他们既有开拓新生活新世界的非凡勇气与才能，又有属于过往时代的陈腐气息和怪诞作风；他们一面是阳光，一面是阴暗；一面是极乐，一面是悲伤；一面是感性，一面是理性；一面是天堂，一面是地狱——唯其如此，他们才有趣、超凡脱俗，才最终成为传奇。要在废墟上重建新秩序，必须有这样理直气壮、无所顾忌打破旧世界的人，这也许就是所谓的"先破坏后建设"。他们所开创的由己及他的无序状态乃是拯救世界最直接与有效的方法。

如前所述，反差甚大的相关研究与判断，悬而未决地加深了本人的疑惑与探究之心。如果研究者各有偏见与标签之嫌的话，文本总还是作者自己的东西。柳亚子曾称苏曼殊是举世公认的才子，人称才绝、画绝、痴绝，亦称情僧、诗僧、画僧、革命僧。而此"三痴""四僧"结合转化而成的充满极致浪漫色彩的苏曼殊作品，为世人留下文字佳话的同时，他本人那变幻莫测的性格、如谜般充满疑团的身世，前无古人、后无来者地也成了另一种文本，与其作品共同生成、互为映照，是我们今天探讨的双重依据。

身世之谜

苏曼殊（1884—1918），原名戬，字子谷，学名元瑛（亦作玄瑛），法名博经，法号曼殊，笔名印禅、苏湜。作为近代著名的作家、诗人、翻译家，苏曼殊特殊的经历使其长期被视为广东香山人。究其身世有很多说法，他于光绪十年（1884）生于日本横滨，这一点基本一致。父亲苏杰生是广东茶商，家族以经营进出口业发家，长年在日本横滨经商。其生母是一位日本女子，有说是他父亲第四房妻河合氏，有说他是河合氏之妹与苏杰生所生，也有说河合氏与苏杰生无生养而领养其妹的孩子。①

柳亚子编订的《苏曼殊全集》的年表中有清晰记载：生于日本江户，始名宗之助。祖忠郎。父宗郎，早卒。母河合氏。……五岁随假父苏某归粤，母河合氏偕行。易姓名为苏三郎，后名元瑛，号子谷。②柳亚子在《苏玄瑛新传》中提到，苏曼殊生下数月父死，其母河合氏"会粤人香山苏某商于日本，因归焉。苏固香山巨族，在国内已娶妻生子矣"③。至于此河合氏是姐姐抑或妹妹，文中没有提及。5 岁至 8 岁，养父及其母子一同回国，遭族人排斥，苏杰生的正房妻子陈氏更是把河合氏和苏曼殊看作眼中钉。河合氏受不了白眼，只好返回了日本。河合氏是因为无力抚养还是其他什么原因没带他一起走，也同样没能找到确实的答案，但从将他独自留在苏家的举动来看，领养一说只能是托词，如非苏家血脉，怎能明知苏家态度还将苏曼殊独自留下？种种迹象显示，苏曼殊乃河合氏之妹与苏杰生所生的推断比较解释得通，而苏曼殊掩饰自我出生也成理。事实是，童年远离生母的苏曼殊没有感到多少家庭的温情，在冷漠的环境中长大。苏杰生去世后，据说他曾经害过一场大病，病中的曼殊被家人扔在柴房里气息奄奄、无人过问，在柴房里等死。可以肯定的是，从小寄人篱下的生活经历对苏曼殊的影响是深远的，以致他 12 岁入广州长寿寺剃度出家，然后受具足戒，并嗣受禅宗曹洞宗衣钵。13 岁时，以其师西班牙牧师罗弼庄湘之命东渡日本省母，小说《断鸿零雁记》中有

---

① 苏曼殊，百度百科，http://baike.baidu.com。
② 苏曼殊著，柳亚子编订：《苏曼殊全集》，哈尔滨：哈尔滨出版社 2011 年版，第 4 页。
③ 苏曼殊著，柳亚子编订：《苏曼殊全集》，哈尔滨：哈尔滨出版社 2011 年版，第 1 页。

详细叙述。

也就是说，苏曼殊是个纯粹的日本人还是香山人，关键在于苏杰生是其生父还是养父的问题。他个人将苏杰生说成养父，乃出于掩饰的心理，并非完全可信。可以确定的是，苏曼殊与一个被中国商人娶为妾室的日本女人相关，并且有着比一般混血儿、私生子的身份更复杂的背景。详读其近乎自传的文言小说《断鸿零雁记》，他本人及其亲人、恋人、老师、友人都没改名字。按他个人的说法，主角三郎的母亲是河合氏，父亲依然不甚确定是苏杰生还是宗郎。而许多有关他的身世之说，在笔者研究资料的过程中，确实发现许多年份上无法解释对应之处。但在小说《断鸿零雁记》中，他是否有刻意隐瞒一些东西：譬如，他曾着意描写其母之姊与其感情甚笃，对其甚是宠爱，那他是养父所娶的日本妾室所生，抑或妾室之妹所生？此事迷雾团团，柳亚子也坦言披露其身世可能是"玄瑛生前所掩覆之迹"①，但其身世之错综复杂更甚于伦理小说，是不容否认的事实。

在封建观念严重、华夷有别的当时，苏曼殊的这种"外来者"的出身，注定了他受到的歧视不仅仅是以讹传讹的"私生子""混血儿"那么简单。

苏曼殊于1903年回国后，先任苏州吴中公学教习，后为上海《国民日报》撰稿。因该报停刊而失业后，苏曼殊便到香港投靠兴中会负责人之一的陈少白，不料因误会而遭冷遇。苏曼殊一气之下，又跑到广东惠州的某座庙里削发为僧。但为时只有数月，尚未取得正式和尚的资格，即乘师父外出之机，偷了已故师兄博经的度牒，溜之大吉，从此以"博经"自命，并自称"曼殊和尚"，开始了四海为家的流浪生活。他以上海

---

① 苏曼殊著，柳亚子编订：《苏曼殊全集》，哈尔滨：哈尔滨出版社2011年版，第3页。

为中心，频繁来往于大江南北、日本和东南亚各地。有时以教书为生，有时靠卖文过活，有时寄食于寺庙，有时乞贷于友朋，终于在"五四"运动的前一年死于肠胃病。他经过三十五年的红尘孤旅，留下八个字"一切有情，都无挂碍"，然后离开了人世，给后人留下了无尽的感慨。

他先后在广东、中国香港、日本、暹罗（泰国）、新加坡、江浙、上海等地游走学习，精通中文、日文、英文、法文、梵文等多种语言文字，是我国近代较早的翻译家之一。他节译法国雨果的《悲惨世界》，实则三分之二的篇幅出自苏曼殊自己的创作。此外，他还译过《拜伦诗选》和印度小说《娑罗海滨遁迹记》，编撰过《梵文典》《初步梵文典》《梵书摩多体文》《埃及古教考》《汉英辞典》《英汉辞典》《粤英辞典》等多种专著，不幸均已失传。据统计，在短短的十五年时间里，其著述共达三十种以上，还能诗擅画，在诗歌、小说等领域皆有极大影响，柳亚子将其著作搜集汇成《苏曼殊全集》五卷。

所谓"四僧"

苏曼殊是诗僧，他风雨漂泊的一生为后世留下了不少"凄艳绝伦"的诗作。苏曼殊具有多方面的才能，诗、文、小说、绘画无不精通，尤其以诗的影响最大，故有"诗僧"之称。他写过《无题诗三百首》，可惜已经失传。今存者一百零一首，绝大部分是七言绝句。在艺术上，他受李商隐的影响，诗风幽怨凄恻，弥漫着自伤身世的无奈与感叹；抒情则缠绵悱恻、千回百转，状物、写人则栩栩如生，"绘事精妙奇特，自创新宗，不依傍他人门户，零缣断楮，非食烟火人所能及"。①

---

① 苏曼殊著，柳亚子编订：《苏曼殊全集》，哈尔滨：哈尔滨出版社 2011 年版，第 2 页。

苏曼殊的小说也很出名。他的小说既保留了中国小说情节曲折、故事完整、描写简洁等优点，又吸收了西洋小说注重描写自然环境、人物心理、人物外貌等长处，从而提高了其小说的文学性。他一生共写小说七种，其中《人鬼记》已散佚，流传下来的有《断鸿零雁记》《天涯红泪记》（未完）、《绛纱记》《焚剑记》《碎簪记》《非梦记》六种。这些作品都以爱情为题材，展示了男女主人公的追求与社会阻挠间的矛盾冲突，作品多以悲剧结尾，有浓重的感伤色彩。苏曼殊注重对主人公心理矛盾的揭示，实际是其内心痛苦挣扎的真实写照。他的小说行文清新流畅，文辞婉丽，情节曲折动人，对后来流行的鸳鸯蝴蝶派小说产生了较大影响。他以自己身世为题材创作的小说《断鸿零雁记》，感慨幽冥永隔的爱恋之苦，也引得不少痴情男女泪湿襟衫。苏曼殊的几段恋情，除了初恋因世态炎凉未果外，后面都因了却尘缘，无以相投，都以"还卿一钵无情泪，恨不相逢未剃时"而不了了之。他也曾流连于青楼之中，死后被葬于西湖孤山西泠桥，与江南名妓苏小小墓南北相对。是为情僧。

苏曼殊还是一位画僧，画如其人。苏曼殊作画淡雅出尘、境界清高、古朴淡远，无世俗尘土之气。正如其在小说中借他人之口谈画所述："试思今之画者，但贵形似，取悦市侩，实则宁达画之理趣哉？昔人谓画水能终夜有声，余今观三郎此画，果证得其言不谬。三郎此幅，较诸近代名手，固有瓦砾明珠之别。"①其实也道出苏曼殊对画作的要求与审美，潜藏着他对自己绘画作品格调不凡、意境深邃的自评。

苏曼殊作为一个革命僧，早在 1902 年就参加了以反清为宗旨的第一个留日学生的革命团体青年会。1903 年，他又参加了拒俄义勇队。后来

---

① 苏曼殊著，柳亚子编订：《苏曼殊全集》，哈尔滨：哈尔滨出版社 2011 年版，第 194 页。

拒俄义勇队改组为带有反清色彩的军国民教育会，他也参加了。苏曼殊与孙中山先生也有密切关系。据何香凝回忆，1903年，她在日本东京的住宅是孙中山的联络点和开会场所，苏曼殊就是常来参加会议的一个。孙中山还让苏曼殊等二十多个留日学生组成义勇队，每天早晨练习射击，以备参加武装起义。苏曼殊积极参加革命活动，遭到了资助他上学的林紫垣的极力反对，并以断绝资助相威胁。但苏曼殊宁可丢掉"饭碗"和中辍学业，也不肯放弃革命，结果被林紫垣强迫回国。回国后，他继续从事革命活动。1904年春，他决心暗杀保皇派头目康有为，未果；同年秋，正值华兴会计划武装起义，他也参与其事；后又参加了黄兴召集部分华兴会成员在上海举行的秘密会议，会议决定了今后实行暗杀和武装起义的方针。苏曼殊是辛亥革命运动时期最先觉悟的知识分子之一，参加了用暴力手段推翻清朝统治的实际斗争。

　　作为一个革命的文学家，苏曼殊的贡献主要还不在于对旧世界进行暴力颠覆，更多的在于以文字为武器进行辛亥革命的宣传鼓动工作。他参与了陈独秀和章士钊的《国民日报》、同盟会的《民报》、刘师培夫妇的《天义报》等，为秋瑾的遗诗写过序，为冯自由的《三次革命军》题过词。1907年鲁迅在日本准备创刊《新生》文艺杂志时，苏曼殊也是赞助者之一。1909年南社成立后，苏曼殊也很快加入，并成为该社的著名作家。他于辛亥革命后归国，参加上海《太平洋报》工作。1913年，发表《反袁宣言》，历数袁世凯窃国的罪恶。1903年在全国人民掀起声势浩大的拒俄运动和资产阶级革命派与保皇派展开大论战的时候，苏曼殊写下了这样的诗句："蹈海鲁连不帝秦，茫茫烟水着浮身。国民孤愤英雄泪，洒上鲛绡赠故人。""海天龙战血玄黄，披发长歌览大荒。易水萧萧人去也，一天明月白如霜。"同时，他又发表了杂文《呜呼广东人》，对那些数典忘祖、认贼作父的洋奴买办之流进行了猛烈的批判。同年发表的《惨世界》，则不但批判了清政府统治下的"悲惨世界"和数千年来的封建观念，而且塑造了一个资产阶级革命者的英雄形象，并主张用暴力手段推翻专制统治，建立一个没有剥削和压迫的"公道的新世界"。辛亥革命失败之后，苏曼殊虽然消沉，但并没有完全放弃反帝反封建的革命思想："水晶帘卷一灯昏，寂对河山叩国魂""相逢莫问人间事，故国伤心只泪流"。当荷兰殖民主义者对我爪哇华侨进行血腥屠杀之际，苏曼殊为了维护华侨的正当权益和祖国的尊严，发表了《南洋话》。当孙中山先生发动"二次革命"时，苏曼殊又发表了《讨袁宣言》，揭露袁贼"擅屠操刀，杀人如草""辱国失地，蒙边夷亡；四维不张，奸回充斥"的罪行，并断然表示："衲等虽托身世外，然宗国兴亡，岂无责耶？今直告尔：甘为元凶，不恤兵连祸亟，涂炭生灵，即衲等虽以言善习静为怀，亦将起而褫尔之魄！"他在日本从事反清活动时，时常为故国河山破碎而感伤。他在《忆西湖》中这样写道：

> 春雨楼头尺八箫，
>
> 何时归看浙江潮？
>
> 芒鞋破钵无人识，
>
> 踏过樱花第几桥？

宗教情结之因果体式

1. 身世凄凉的原罪之因

其实，他的每次踏入佛门，几乎都脱离不了"一气之下"四个字，他的一生也不过"寄人篱下"四个字，都是在现实中遭遇不幸、生活难以为继之下的情急之举。因此，关于他数度出家，世人常常怀有一些不切实际的浪漫想象，诸如苏曼殊信奉的大乘宗教及禅宗南派的"曹洞宗"所注重的关切民间疾苦、主张无拘无束、一蹴成佛对他产生了影响；又或者对民主新思潮的热情追求和东西方文化交融对他产生的影响，在他的创作生涯中明显地体现出浪漫张扬、个性自由、无拘无束、敏锐敏感的特质。不可否认，他的作品及人生中的确具备这些特质，但一开始都与他的宗教情结无必然联系。孰为因孰为果，仔细想想，数度还俗、再出家、再还俗，无异于一个"空"字。如果一定要为他的开始寻找一个最高贵的答案，我想只能是他的本真。之后在佛教文化研究与修养中的进进出出，就不能不说是他获取明智修为、截断世间烦忧的主观要求。应该是，他由始至终都是真诚的。

而他对世俗生活的依恋也是由始至终的，但这并不抹杀他生活与创作中的宗教情结，也并不说明他缺乏皈依佛门的虔诚与信心，"而事实上他又从未以从一而终的态度来对待宗教佛门。对佛门的皈依在苏曼殊来说从来都是暂时的，甚至带有相当的随意性。……而是现实生活和精神生活的多重痛苦以更强的诱惑力把他屡屡从佛门拉回现世"①。

有观点认为，"对于苏曼殊来说，皈依佛门既升华了他的理智与慧识，同时却又加剧了他的感情苦恼，使他常常既不能用宽怀悠远的目光看待终极来世，又无法抛开急功近利、投身今生今世的迫切欲念。因此，在这种情感与理智的矛盾交织中，苏氏本人及作品人物命运结局的悲剧性是无可避免的。也正是在这双重悲剧之中，我们更能体悟到苏氏及其创作与宗教文化相互契合的深刻内涵"②。"这一情景绝不只是苏曼殊个

---

① 刘勇：《中国现代作家的宗教文化情结》，北京：北京师范大学出版社1998年版，第88页。

② 刘勇：《中国现代作家的宗教文化情结》，北京：北京师范大学出版社1998年版，第91页。。

人命运的遭遇和生活道路的选择，它在更为深广的意义上体现出了相当一部分中国现代知识分子的独特心态，值得深思的却是：这还是'信仰与现实的不可分割，超然与入世的密切融合'。"①

对于以上观点的升华我不完全认同。个人认为由于身世背景无法类比的独特性，苏曼殊无法完全与一部分知识分子的心态同构，更无暇过多考虑信仰与现实、超然与入世此类高深的关系问题与终极归属问题。在面临生活的困境之时，苏曼殊主要视乎哪种机制更适合其彼时救人、自救的要求——他在中西文化之间平衡、在佛门与俗世之间寻找。如果这是一种投机，那么正是这种多重性与复杂性决定了他个性的自由与多变，也决定了他不可能仅仅依靠某方面的信仰力量就能得到全然的解脱。他很清醒地意识到自己踏入佛门之日，亦即有望阻隔忧虑人生、浮躁现世之时。正如 17 世纪西欧各国知识分子中的自然神论提倡信仰的理性及道德含义，宗教信仰于他，也许无异于一种能超脱凡嚣的个人修养。

"天生成佛我何能，幽梦无凭恨不胜""无端狂笑无端哭，纵有欢肠已似冰"，这些诗句是他一方面矛盾交织，另一方面不拘泥于佛门不拘泥于现世的双重写照。从这层意义上说，我认为这还不是虔诚与否的问题，更谈不上对终极人生的关注，他反复地使用此法，无奈又认真，所谓"爱欲与佛法之间的矛盾""理智与情感之间的矛盾"，不过是一个问题：活下去，无挂碍地活下去。

苏曼殊的小说几近他的个人自传，以《断鸿零雁记》为例，人物皆用原型真名，且都与其真实生活中的写诗、作画、翻译作品、宗教修为密切相关。小说开头便是渲染其受戒环境之高远神圣：

---

① 刘勇：《中国现代作家的宗教文化情结》，北京：北京师范大学出版社 1998 年版，第 89 页。

住僧数十，威仪齐肃，器钵无声。岁岁经冬传戒，顾入山求戒者寥寥，以是山羊肠峻险，登之殊艰故也。①

在深山古刹、庙宇佛寺皈依佛门，究其原因，又是与苏氏的身世凄凉、爱情蹉跎在在相连的。光是小说的前几章，就反复出现如下感慨："余殆极人世之至戚者矣""甚矣哉，人与猛兽，直一线之分耳""我在在行吾忠厚，人则在在居心陷我，此理互相消长。世态如斯，可胜浩叹""惨然魂摇，心房碎矣""亦惨同身受，泪潸潸下""均带可怜颜色，悲从中来，徘徊饮泣""余万感填胸，即踞胡床而大哭矣""余心知慈母此笑，较之恸哭尤为酸辛万倍""泪盈于睫，悲戚不胜。此时景状，凄清极矣"。主角三郎即是生活中的苏三郎，一个被寄养异国他乡的孤独人，终其一生地四处漂泊，阅尽世态炎凉，历尽人间冷暖，家庭温暖对他而言，是异乎常人想象的可贵：

顾余虽呻吟床褥，然以新归，初履家庭乐境，但觉有生以来，无若斯时欢欣也。于是一一思量，余自脱俗至今，所遇师傅、乳媪母子及罗弼牧师家族，均殷殷垂爱，无异骨肉。则举我前此之飘零辛苦，尽足偿矣。②

所以但凡能带给他一丝暖意的人，包括乳娘母子、罗弼牧师、家中姐妹，更勿论母亲、姨娘、雪梅和静子，都是能让他大书特书、一触即

---

① 苏曼殊著，柳亚子编订：《苏曼殊全集·断鸿零雁记》，哈尔滨：哈尔滨出版社2011年版，第194页。

② 苏曼殊著，柳亚子编订：《苏曼殊全集·断鸿零雁记》，哈尔滨：哈尔滨出版社2011年版，第194页。

发的对象，他的感情泛滥令人想起"涌泉相报"四字，皆因其凄楚悲凉比私生子更低一层的身份。他受过极好的教育，恃才傲物，但又不得不面对世人的眼光和幼年的经历，其狂狷不羁、自行其是的病态举措，在于他终生背负的"十字架"——对自身"原罪"和人心不古的清晰认知，加深了其痛苦与绝望。这种情感在小说中随处可见，愈是寄人篱下，对于世间事物、世道人心的体悟愈是清清楚楚。人间之情，他难以舍弃，哪怕对其远居日本神奈川、甚少共同生活的妹妹之情都那么丝丝入扣：

> 忽而余妹手托锦制瓶花入，语余曰："阿兄，此妹手造慈溪派插花，阿兄月旦，其能有当否？"
>
> 余无言，默视余妹，心忽恫楚，泪盈余睫，思欲语以离家之旨，又恐行不得也。迨吾妹去后，余心颤不已，返身掩面，成泪人矣。[1]

通过宣泄自身命运的坎坷不平、人情世道的苦难艰涩，苏曼殊作品与佛家的"无我""苦谛"不期而遇了。所以对苏曼殊的认知大抵都需要一个这样的过程，先是"奇人""怪人"面目映入眼帘，更有甚者直接以"混世魔王""花花和尚"目之；待深究作品生平，方惊觉其不过可怜人、不祥人一个；再而恍然佛教于他并非只是人生倚托，实乃让他获取明智修为的大智慧大学问。

2. 解脱情感的法门之果

为什么佛教清规严申戒除的爱欲，恰恰是苏曼殊及其作品主人公所

---

① 苏曼殊著，柳亚子编订：《苏曼殊全集·断鸿零雁记》，哈尔滨：哈尔滨出版社2011年版，第194页。

深深迷恋、难以忘怀和难以自拔的？不能忘情于世有一定原因，佛理无法取代爱欲、佛法不能减轻生存的煎熬也不是没有道理，可这样理智与情感的矛盾常人亦无法幸免。况且以其本真与投入，哪怕是如传言所说"后脚还扎在上海的女闾，前脚却已踏进了杭州的寺庙"①，我们也无法以常人之理度之。比如中华网论坛上有一则苏曼殊轶事，是关于苏曼殊与一位叫百助的日本乐妓的苦恋。这对有情人未能终成眷属，苏曼殊在回国的海轮上情不自禁地同乘客谈起百助，众人都不相信，苏曼殊情急之下取出几样女人用的头饰之物，传看完后，苏曼殊把这些饰物全部抛入海中，掩面痛哭不已。此等传闻是否属实无法确认，但他于爱与温情始终是渴求的，这与猥亵、邪恶无关，起码文本的气息如此。其次，婚姻未果而后滥情于烟花之地，于其无法解脱的情感矛盾以及视妓女为情感对象，如此种种郑而重之的荒唐举措之中，还是可见其真纯。

在苏曼殊的笔下，小说的第八章末尾，开启了焕然一新的天地：

> 时正崦嵫落日，渔父归舟，海光山色，果然清丽。忽闻山后钟声，徐徐与海鸥逐浪而去。女弟告余曰："此神武古寺晚钟也。"②

世间的爱情会让天地变得如此清明奇妙，对他来说，情感纵然无可奈何，但也还是生命中最灿烂的章节、最温暖的调子，使他的人生痛并快乐着地得以延续。

---

① 刘勇：《中国现代作家的宗教文化情结》，北京：北京师范大学出版社1998年版，第89页。
② 苏曼殊著，柳亚子编订：《苏曼殊全集·断鸿零雁记》，哈尔滨：哈尔滨出版社2011年版，第194页。

余不敢回眸正视，惟心绪飘然，如风吹落叶，不知何所止。

但也许与其身世相关，苏曼殊也许无法面对婚姻以及随之而来的家庭生活，小说在他对爱情、婚姻的态度的关键点上由始至终是有所保留的。在苏曼殊的情感模式与关系里，他似乎永远处于纠结、退缩的境地，而雪梅、静子等女性角色一律表现出对心属异性的主动而热烈的追求，彰显着新女性的勇敢、直率、果决、坚强：

"否。粉身碎骨，以卫三郎，亦所不惜，况区区一行耶？望三郎莫累累见却，即幸甚矣。"[1]

三郎与静子作诗赏画，活脱脱《红楼梦》中宝黛之趣，但又省却了红楼之中的细碎松散；静子与三郎之交，又不禁令人想到陆游、唐婉的爱情悲剧，古时的社交范围所限近亲相爱大都如是，他们的诗词唱和与陆唐无异。

若审度苏曼殊对雪梅与静子的感情孰轻孰重，仅从笔墨的多少判断即可确认静子是其最爱——雪梅是义，静子是情——由此又形成他只能弃爱而去的逻辑循环与合理性。无论是书中的三郎还是书外的三郎，都曾坠入深深的矛盾之中：佛教的清规戒律与对美好女性的执着爱恋之间的难以调和，乃是他最大的痛苦之所在。佛家经典说："法从因缘有，不应言无因，无无因有果，无无果之因。"[2]参详其作品与生平，感情困扰是其出家的导火索而非原因，他幼年亦曾出家，确与恋爱无碍，是可

---

[1] 苏曼殊著，柳亚子编订：《苏曼殊全集·断鸿零雁记》，哈尔滨：哈尔滨出版社2011年版，第194页。

[2] 《大正藏·中论》。

为证，其后几段恋情的来龙去脉亦可为证。几经波折，佛门反倒成为其情感解脱的法门与结果——初始因不能相爱而痛苦，而后皆凭借佛言佛法令忧思顿释，能让其觅得安心立命之所的似乎除佛法无他。

> 吾前此归家，为吾慈母，奚事一逢彼妹，遽加余以尔许缠绵婉恋，累余虮身于情网之中，负己负人，无有是处耶？嗟乎，系于情者，难平尤怨，历古皆然。吾今胡能没溺家庭之恋，以闲愁自戕哉？佛言："佛子离佛数千里，当念佛戒。"吾今而后，当以持戒为基础，其庶几乎。余轮转思维，忽觉断惑证真，删除艳思，喜慰无极。决心归觅师傅，冀重重忏悔耳。第念此事决不可以禀白母氏，母氏知之，万不成行矣。
>
> 如是安居五日过已，余颇觉悠然自得，竟不识人间有何忧患，有何恐怖。听风望月，万念都空。①

由小说可见，对于感情之事，三郎虽然每每难免陷入其中，但生活磨难使其积重难返，个中真谛他确已了如明镜，去离之心借由佛门之身得以成就。现实的三郎借小说三郎之口如是说：

> 须知天下事，由爱而生者，无不以为难，无论湿、化、卵、胎四生，综以此故而入生死，可哀也已！②

---

① 苏曼殊著，柳亚子编订：《苏曼殊全集·断鸿零雁记》，哈尔滨：哈尔滨出版社2011年版，第194页。

② 苏曼殊著，柳亚子编订：《苏曼殊全集·断鸿零雁记》，哈尔滨：哈尔滨出版社2011年版，第194页。

世人皆以苏曼殊为孤僻怪异，其疯癫不过至情至性至真至诚所至耳。世人总误以为三郎此等读书人迂腐懵塞，实则一片冰心寓于其中。只能说像苏曼殊此等奇人，历尽人间种种，体悟自是尤甚于常人，清净自在的佛门真理由此成为他真心向往、托付余生的人生修为。

3. 小说体式的节制美

正是借助佛门的劝导，不得已而为之的人生自律，与随之而来的艺术自律性，在苏曼殊小说的叙述中呈现出一副别有洞天的面貌和一种饶有韵味的美学价值。在此意义上，小说是人生，而又超越人生。

如果说三郎、静子之情仿若宝黛，那么在对爱情的抒发上，苏三郎与曹雪芹相比，更具节制之美。佛教文化使苏曼殊在内容与文体两方面的内省和控制，表现在小说的创造中则是叙述表达的自律性：

> 静子低声而言，其词断续不可辨，似曰："三郎鉴之，总为君与区区不肖耳。"①

这是第十五章最末一句，以静子的强烈心声突然煞尾，明明是问句却没有答复，再用十六章的转换做一个短暂的过渡，让三郎的情感波澜有了缓冲与过渡，也让读者调整内心节奏：你会发现心跳暂停了片刻。在这命运决定爱情的转折点，一百年前的苏曼殊让人见识了写作中表现与控制相互制约的魅力：

> 余胸震震然，知彼美言中之骨也。余正怔忡间，转身稍离

---

① 苏曼殊著，柳亚子编订：《苏曼殊全集·断鸿零雁记》，哈尔滨：哈尔滨出版社2011年版，第194页。

静子所立处，故作漫声指海面而言曰："吾姊试谛望海心黑影，似是鱼舠经此，然耶？否耶？"①

苏曼殊不全然是一个不解风情的佛家弟子，理智与情感的冲突中偶尔也交织着他那情僧的幽默，使他的痛苦与绝望、超尘与脱俗蒙上了更可回味的内涵：

余此际神经已无所主，几于膝摇而牙齿相击，垂头不敢睇视，心中默念，情网已张，插翼难飞，此其时矣。但闻静子连复同日："三郎乎，果阿姨作何语？三郎宁勿审于世情者，抑三郎心知之，故弗背言？何见弃之深耶？余日来见三郎愀然不欢，因亦不能无渎问耳。"余乃力制惊悸之状，嗫嚅言曰："阿娘向无言说，虽有，亦已依稀不可省记。"②

当静子、三郎相爱不成又作终古永诀之时，三郎心中实则纠结着对前未婚妻雪梅的情义，每每欲言又止，心中苦悲无法向母亲、静子细述。苏曼殊的语言张力和结构制约力，出人意料而又合情合理地力挽狂澜：

静子言时，凄咽不复成声。余猛触彼美沛然至情，万绪悲凉，不禁啼嘘泣下，乃归，和衣而寝。③

---

① 苏曼殊著，柳亚子编订：《苏曼殊全集·断鸿零雁记》，哈尔滨：哈尔滨出版社2011年版，第194页。

② 苏曼殊著，柳亚子编订：《苏曼殊全集·断鸿零雁记》，哈尔滨：哈尔滨出版社2011年版，第194页。

③ 苏曼殊著，柳亚子编订：《苏曼殊全集·断鸿零雁记》，哈尔滨：哈尔滨出版社2011年版，第194页。

苏曼殊很好地承袭了自唐人传奇、宋人话本等经典而来的传统形式上的节奏与克制，他所沿袭的国学经典与佛家教义又给予他更多内修、克制的奥秘，使得他小说的情节发展、人物逻辑组合得更为简洁、深沉，哪怕是爱情的表述也因此显得更有价值、更为可信。在这样的休式之上，三郎的情感愈发显得逡巡绵长，女主角们则更为铿锵感人，从而形成性别与情感相互交织而成的张力和美感。

综而观之，佛门这一对他而言的安身立命之所，无异于文学艺术、人间真情的意义，唯此岁寒三友与其人生相伴、予其内心温热。诚如他在《断鸿零雁记》所说：

云耶，电耶，雨耶，雪耶，实一物也，不过因热度之异而变耳。多谢天公，幸勿以柔丝缚我！①

而三者当中，佛理是牵连其间的逻辑，乃其解脱人生烦恼之大智慧之所在，而世人往往因其身世传奇误解其人其才，他内心的曲折其实与我等常人无异。回顾他的一生，不禁令人叹息：半在红尘半空门，至情至性世罕见。衣带渐宽终不悔，佛门清净终此生。

结　论

在新文学即将诞生之际，在宗教文化的海洋里沉浮，以此生命的断

---

① 苏曼殊著，柳亚子编订：《苏曼殊全集·断鸿零雁记》，哈尔滨：哈尔滨出版社2011年版，第194页。

鸿零雁、零缣断楮、凄清极矣，留存在其作品之中——苏曼殊很清楚自身于这个世界的特色及影响是什么，其文学趣味也的确为其后包括鲁迅兄弟在内的一群大师所印证甚或传承，不为近代、现代、当代的中国文学界、艺术界、宗教界之层层叠叠的佳作所消弭。同时，作为与宗教文化结缘最早、关系最深的中国近现代作家的代表，苏曼殊及其创作也为后世留存了一个独具文化含义的模式：数度还俗、出家，皆出于截断世间烦忧的主观要求，皈依佛门为了升华修为慧识，但在面临生活的困境之时，基于善意的生存诉求，又加剧了情感与理智的矛盾交织，不堪于现实时他就遁入佛门寻找平静，在庙宇沉淀未几又被迫返回人世的现实挣扎。他在中西文化之间平衡，在佛门与俗世之间寻找，视生命状况调整救人、自救的体式。

此外，作为苏曼殊宗教情结的一种延续，显而易见的是，"中国现代文学与宗教文化的某种深刻的相互影响是构成中国现代文学基本特征的重要因素"①。近现代作家在对传统儒道文化进行反思、批评的同时，对佛教、基督教文化等宗教价值观念的关注，在当时潜移默化地影响了那个时代作家群体的思考与创作。外来文化的冲击与渗透，使他们无法不承受在更开阔的文化空间的浸润，许地山、周作人、施蛰存、废名、俞平伯、丰子恺、夏丏尊那些禅味甚浓的作品，鲁迅的《我的第一个师父》、老舍的《宗月大师》、郁达夫的《记广洽法师》、叶圣陶的《两法师》等，给现代文学带来"一花一世界、一沙一天堂、君掌盛无边、刹那含永劫"的蕴藉深邃之意境。正如17世纪在西欧各国知识分子之间流传甚广的自然神论，提倡信仰的理性及道德含义，宗教文化无异于一种

---

① 刘勇：《中国现代作家的宗教文化情结》，北京：北京师范大学出版社1998年版，第85页。

由外而内的个人修养。近现代文学的这一模式甚为独特，亦发人深思，在显现中国近现代文学与宗教文化的基本关系的同时，其意义与价值确实是超越了苏曼殊现象及其创作本身的。

阮章竞创作个性的底色及其作品独特性

阮章竞及其同时代的文学同伴们，生活在一个风云际会的社会背景之下，他们于那个特殊的历史语境下创作的作品，与时代之间也存在一种互为解读的关系。处于1949年前后的文人，他们的历史使命、人生秘密、文学独特性，不可能不与新时代之间产生千丝万缕的联系。重读他们的历史长篇诗歌，随着时间的沉淀拨开历史的迷雾，也许在其中可以看见我们未曾注意到的复杂性和丰富性。当我们回望、反思那个时代的文学创作，一定会有重识庐山真面目的新发现。

从作家创作的背景而言，阮章竞的创作个性与其香山故土浸润的性情审美、宁静致远的内心愿景、深邃真挚的职业之爱都无不相关。早年家乡生活的濡养给予他性格中的谦和、细腻、浪漫等特质，成为他一系列创作的底色。

阮章竞作为解放区文学最为重要的代表之一，在叙事长诗的创作上，展现了内容与形式的独特性。在叙事长诗的形式创新方面，阮章竞与其同时代的作品如《王贵与李香香》等在民歌体的运用上有所不同，他从民歌、古典诗词、绘画、戏剧等各种文艺形式中汲取养分，使其作品在多种艺术形式的融合、改造与运用中成为经典。在诗歌内涵的审美独特性方面，与同时代的胡风、何其芳代表作中的审美意象相比，阮章竞叙事长诗体现出将革命的外在变化与深刻的内在变化相结合的特点。时隔多年，我们在阮章竞《漳河水》等系列作品中看到的，不仅有那个时代暴风骤雨般的痕迹，也有他在革命主题之下保留的诗歌本应宣泄的一些主体性特征。

阮章竞创作个性的底色

1. 与其故土浸润的性情审美有关

阮章竞身边的很多同行、朋友一致认为，他作为一个温柔的南方人，就算后来在北方的大山大水中生活，总还保留着故土的灵魂给他的滋养与基调。"他生在温暖的南国，他是中山市，过去叫中山县的人。他的家乡有很青翠的山，也有看不到边际的蓝色的海洋。"[①]

在他的《故乡岁月》三部曲《童年》《少年》《夜茫茫》中，他对故乡的一草一物、亲人伙伴、人情世故、节庆礼俗、风土人情，事无巨细都能如数家珍，幼年生活就像刻在他的脑子里，实际上是故乡的记忆从未离开他的心灵，无论喜乐忧伤，都对他日后的创作、审美、品格形成深刻的影响：

> 我对童年的故乡节日，梦绕神萦。每过新年，母亲便给我穿戴好看的背心和帽子。帽子都是得自华侨亲友带回国来的，碎布片拼凑做成的，帽子，是顶狮子帽，用白兔毛毛滚边，有

---

① 谢冕：《〈漳河水〉的写作与艺术风格》，《中国现代文学研究丛刊》2014 年第 8 期。

帽耳，正中间镶着一个大肚铜佛。衣服里面还穿着绣花的兜肚，脖子上戴着一条银链，垂到肚脐的一头，还有一把小银锁，锁的两面还刻着"长命富贵"和"避邪"的字样，两只脚，还戴着银打的脚镯子。小时，这样的穿着，我感到是漂亮好看……

——《故乡岁月》

　　阮章竞出生在地处珠江三角洲、东面濒临珠江口、西面紧挨西江的香山县一个渔民的家里，少时做了油漆学徒，却由此生出画画的爱好，后来他用油画棒创作了大量作品，许是受这时的影响。之后加入家乡的社团"天涯艺术学院"，"这所名称吓人、实际很空的天涯艺术学院"①，虽说名不副实，但应该说也是他自幼已怀热爱艺术之心的证明，对他日后的艺术修养也是一种启蒙。

　　家乡生活对其文学艺术创作的濡养也许是超乎他自己想象的。他作品中那种内在、温暖的东西，诗歌、绘画中含蓄、细腻、精致、古典等意境的表现，与其故土浸润而成的谦和且有趣、低调而浪漫的性格相关，"这是他的另一面，有那种广东中山人温柔的、幽默的、非常有趣的一面。比如他刻的图章，他爱在图章的侧面刻上边款，边款里的字特有意思，'无才做诗苦，何似种瓜甜'，幽默极了，但是说的一番道理非常尖锐，非常犀利"②。在家乡民间做过漆匠的经历，使他的漆画、文章借得民间养分，而艺术家拒绝媚俗的秉性，又使他颇受真正艺术家的赏识。

---

　　① 阮章竞：《故乡岁月》，北京：人民文学出版社 2012 年版，第 242 页。
　　② 李容焕、余丛、阮援朝编：《永远的阮章竞》，广州：暨南大学出版社 2013 年版，第 17 页。

后来被岭南派画家黄霞川所赏识为其绘制漆画的故事、音乐素养竟来自冼星海的真传等经历，都说明家乡潜移默化的滋养造就了阮章竞的诸多才艺。他一生所涉猎的文艺之广与深，的确是题中应有之义了。

> 三百里西江路，
> 三百里相思树，
> 许愿西行冀青青，
> 白头才识西江绿，
> 步步相思树。

> 童年看山山惆怅，
> 老大看树树忧郁。
> 得天独厚故家山，
> 何故忧郁未真绿？
> 你说，西江路？

> 三百里西江路，
> 三百里相思树……
> 珠江乘风升白帆，
> 三百里西江三百里树，
> 放胆争先绿。

《三百里西江路》以及《向中山》等一系列晚年回归之作，无不张扬着晚年阮章竞回望自己人生起点时心中对故土的深厚情感，同时也是对故乡之美、养育之恩与无法抹去的记忆折射的肯定。

2. 与其宁静致远的内心愿景有关

在阮章竞写于 1954 年 9 月的诗篇《光辉灿烂的五年》中，有这样的一段文字：

> 伟大的领袖，伟大的党，
> 给我们的时代装了双金翅膀，
> 飞向没有剥削、压迫和穷困的地方。
> 飞向和平幸福的地方。

阮章竞之女阮援朝在整理资料时发现了阮章竞于 1981 年编《阮章竞诗选》时在此诗歌旁的批注：只提领袖和党，不提名，难得的勇气。赫然在目的一行字，说明他在文艺创作的主流意识形态下的胆量与自得的同时，也是个人在诗歌审美上的一种选择与坚持。诗中还掺杂着与时代气息相去甚远的"水晶宫殿""金翅膀""婴儿的笑声"等意象。这说明在他的心底，一直有着自己的创作诉求。

与此同时，在民族形式和个人风格的问题上，阮章竞在晚年的总结中也曾明确表示他个人的困惑：

> 我是极想把民歌和新文化运动的成果结合起来的。从我的经历看，我受"中国作风、中国气派、中国的老百姓所喜闻乐见的形式"这个讲话精神的影响很大。这个讲话与 1942 年《在延安文艺座谈会上的讲话》对知识分子与工农群众相结合，与战争相结合有积极的促进作用。但是这种精神是特定环境的产物，局限性是很明显的。因为它强调的是知识分子向文盲靠拢，而不是提高文盲的文化水平，使文盲向知识分子学习。这

与历来对知识分子的怀疑态度是相联系的。①

　　也就是说，他对许多政治现象有过自己的思考。在此暂不探讨他是否是一个深刻的思想者与时代的批判者的问题，可以肯定的是，他一定凭本能感到了那个时代的政治运动带来的负面影响，所以才有由此产生的困惑。当有人质疑他思想的深度与判断之时，以上这类想法与创作表明，世情与身份的冲突一直在他心中纠结，不过他一以贯之地表现出退让与隐忍，最后只能无可奈何地沉默与避世。"某种意义上说，阮章竞是一个执着而纯粹的革命理想守望者，但他显然不是一个富有洞见的思想者。在自己的生活中，他是一个凭着本能良知进行判断的人，因此他常显示出很多跟简单粗暴的政治作风相抵抗的气质。"②陈建功在谈到与阮章竞的共事时也提到他这种特质："在我们的作家支部中，他永远以一种谦和的姿态倾听别人的意见。在阮老等一批老作家的带动下，尽管北京作家文艺观点各有不同，脾气秉性也大不一样，但是团结、和谐、宽松、清新的风气一以贯之，为北京文学事业的繁荣发展创造了良好的环境。其中阮老的风范作用至今为大家所怀念。"③

　　在翻阅大量相关资料的时候，在尘封的故纸堆中，我们可以反复看见的是，亲朋好友与同行在欣赏阮章竞多才多艺的同时，对其人品与理想坚持的普遍肯定。原先由于政治环境而激发的生活波澜在他的晚年逐渐平息下来之后，我们在他的作品中可以看到更多接近他本真、本色的

　　① 阮章竞：《异乡岁月》，北京：文化艺术出版社2014年版，第98页。
　　② 陈培浩、阮援朝：《阮章竞评传》，桂林：漓江出版社2013年版，第88、89、91、101、318页。
　　③ 李容焕、余丛、阮援朝编：《永远的阮章竞》，广州：暨南大学出版社2013年版，第8页。

东西。他晚年的大量创作基本就是"对理想的守望"这一主题，传统文化资源给予的良知、政治纷争中宁静致远的内心愿景，在他的晚期诗歌与绘画中得以一一释放，使我们在多年以后可以试着领略他细腻曲折的内心世界。这种心境与故乡的审美浸润一同沉淀，使其晚期的艺术创作焕发出朴实而悠长的韵味，给他的职业生涯画上了完满的句号。

3. 与其深邃真挚的职业之爱有关

他做油漆工，却成了出色的画家；他喜爱诗歌，就成了著名的诗人；他愤世嫉俗，于是成了革命队伍中的一员。大家看他的诗歌，既像民歌又像古诗，大家认为他把古典诗歌的影响与元素引入长篇民歌故事的写作中来时，其实他的古典文学素养不过是他一辈子自学的体现。无论革命工作、文学艺术，他都能干得像模像样，这背后是一种信仰的力量。那种发自内心的真诚与热爱，如果说是他们那个时代的共同特征的话，其中也不乏他本人的真实秉性。因为当我们看到许多的同龄、同行之人，在他们的晚年渐渐萧瑟之时，阮章竞的创作却从未停止，他是一个坚定不移地将革命与文艺进行到底的文艺家。

"他力图在这些诗作中寻找和还原的革命事业、革命精神的本色。自参与到革命事业时起，他就收获了巨大的欢乐，也遭遇了内心巨大的痛苦和困惑，然而他的写作，没有一个字是发泄自己的委屈和不满。无论经历什么，他总是怀着满腔的虔诚和希冀，以自己的独特方式来思考、探索自己从青年时代就追随的信念和理想。他怀着赤诚的爱来关注那些被'斗争''献身'的洪流冲刷过去的普通人的命运。举例说，以《胡杨泪》与《漳河水》比较，就会发现，新社会支边女青年的命运与小说人物荷荷、苓苓、紫云英在旧社会的遭遇何其相似！新中国这些不该发生的事情，在他看来是无法被漠视的。""我深深地体会到阮老《晚号集》里所吹彻、所响彻的，正是古往今来许多仁人志士所怀有的那种为国为民忧愤不已的古道热肠，是一个献身于高尚理想信仰者灵魂的清醒和激荡。"①

阮章竞长篇叙事诗的形式独特性

关于新诗的探索，中国的现代诗人们走过了一条很长的路途，既没有什么固定章法限制，也没既定的模式可循，大家只能在创作的过程中跟着感觉走。阮章竞从解放区文艺时期开始，大概也一直在寻思中国新诗创作该何去何从的问题。他的民歌体创作有一条独立而连贯的轨迹：1938年的《秋风曲》、1940年的《牧羊儿》、1943年的《柳叶儿青青》、1947年2月的《送别》、1947年2月的《圈套》、1947年3月的《盼喜报》、1947年9月的《赤叶河》（歌剧）、1949年3月的《漳河水》、1949年7月的《妇女自由歌》。这一系列的实践与胡适当时的想法一致：新诗最好是从民间的东西里面找营养。②

阮章竞充分发挥想象力与创造力，从民间、从古典、从绘画、从戏剧等各种文艺形式中汲取养分，他那致力于将革命的内容与尽可能完善的形式美相结合的尝试，以及反复推敲的精神，使其在语言风格与叙事结构上成为这条探索之路上的一个标本，对于文学创作的推陈出新有一定的参考价值。

第一，民歌体叙事长诗的形式独特性，一方面是在有限的篇幅中发挥诗歌之长，为革命讲好故事，为现实提供文本服务。

---

① 李容焕、余丛、阮援朝编：《永远的阮章竞》，广州：暨南大学出版社2013年版，第29页。
② 李容焕、余丛、阮援朝编：《永远的阮章竞》，广州：暨南大学出版社2013年版，第15页。

关于篇幅的问题，谢冕也谈到，"中国的文学艺术革命、诗歌革命在《在延安文艺座谈会上的讲话》前后有重大的变动，那就是叙事的成分加多、加强"①。叙事诗歌毕竟也是诗歌，而不是长篇小说，要加大反映现实的力度与空间，光靠一味拉长诗歌篇幅是不够的，那么，应如何在有限的篇幅中讲好故事？阮章竞在创作叙事长诗时充分考虑到诗歌体裁的特殊性，如何在讲清楚故事的同时又发挥诗歌的特点，诗歌要精炼必须剪裁，以局部的点睛带动情节的发展。他采用了不分行的诗歌形式，并且利用民歌中固定的句式作为曲谱，又用民歌中丰富多变的修辞使得诗歌的语言更为简明、形象。《漳河水》比《王贵与李香香》还短些，但容量反而明显大多了。

另一方面，是将戏剧模式与诗歌叙事手法进行转换。有研究认为："将人物多重对照以及总分结合的戏剧模式融合进去，则显然是阮章竞本人的贡献。"② 作为曾创作了《赤叶河》等戏剧作品的编剧，阮章竞在《漳河水》中的确将各种形式的对照放在总分结合的戏剧模式里加以充分运用：包括三个女性人物之间不同性格的平行对照，正面人物和落后人物（二老怪、张老嫂等）的正反对照；剧中人物思想状态和命运变化的前后对照、解放区生活面貌的新旧对照等，多重对照的结构使诗歌在有限的篇幅中容纳更多的叙事内容。在当时解放区的写作中，新旧对照结构作为政治规定性之一的主流写作规范，也进入了《漳河水》的写作结构之中，但在滔滔如洪水般的主流写作中阮章竞叙事诗歌没有被淹没，在千人一面的创作手法中保留了自己多重对照的独特性。

---

① 谢冕：《〈漳河水〉的写作与艺术风格》，《中国现代文学研究丛刊》2014年第8期。

② 陈培浩、阮援朝：《阮章竞评传》，桂林：漓江出版社2013年版，第318页。

第二，民歌体叙事长诗的形式独特性，是强调对民歌形式的活用。

在谈到这首长诗的创作时，据阮章竞之女阮援朝回忆，阮章竞曾强调：《漳河水》的语言中民歌很少。因为民歌表现男女之情的多，低级趣味的多，很难表现新思想和新人物。所以，他所运用的是民歌形式，是活的群众语言，同时融入古典诗词的语言。整首长诗中一字未改的原始民歌只有两句："真是因为跟我好，阿弥陀佛天知道。"

为了达到活学活用民歌形式而不是生搬照抄民歌句子的目的，阮章竞做了艰苦的民歌搜集工作：1939 年，他带领太行山剧团第一次系统收集民歌民谣。当时他做了记录，但被一个搞音乐的人借了去，没有还，令阮章竞到晚年仍然耿耿于怀。在他留下的太行山剧团时期 16 册笔记中，保留有 1942 年和 1948 年专门记录民间语言的两册，洛阳小曲一册，麻纸淡墨，共有 4 万余字。

李季的代表作《王贵与李香香》，使用了陕北民歌信天游的写作形式，两句一节，行行押韵，换一节就换一个韵，有的隔行押韵，有的同韵到底，有的换韵。茅盾在批注《漳河水》时认为，此诗人物有性格，而《王贵与李香香》从头到底是"顺天游"，不免单调。而此篇（《漳河水》）则用了各种歌谣的形式，因此音调活泼，便于描写。[①] 茅盾肯定了《漳河水》在叙事能力与语言风格上的成就，代表了他的个人看法。事实上，阮章竞从《秋风曲》《牧羊儿》《柳叶儿青青》《盼喜报》开始，一直没有停止过向民间学习的脚步，并且在探索中不断变化、前行。写于 1947 年 2 月 7 日的《送别》已初见成果，后来到《圈套》，再到《漳河水》，这种探索的成绩就显而易见了。《圈套》的写作大胆采用生动活泼

① 中国现代文学馆编：《中国现当代文学茅盾眉批本文库·诗歌卷》，北京：中国国际广播出版社 1996 年版，第 5～118 页。

的群众语言，没有采取分行的形式，但押韵，通俗易懂又朗朗上口，同时符合人物身份与故事背景。因为采用了民间民谣，阮章竞将其定为"俚歌故事"，有一些人不赞同，但也有不少人认为以俚歌故事为标题，表明了他向民间学习的自觉。到了《漳河水》的创作，阮章竞对民歌体的运用无论是比他自己之前的作品，还是与同时期的民歌体作品相比，都有了大幅度的提高：采用了复杂多变的民间小调，两句一韵，有民间小曲中一节两行、一节四行等形式，还有三五个音节一顿的节奏转换，至于民歌比兴等修辞手法的使用更是比比皆是：

> 漳河水，水流长，
> 漳河边上有三个姑娘，
> 漳河水，水流长，
> 三人的心事都走了样

《漳河水》总体而言用的是漳河小曲的形式，关于此诗的歌化探索，阮章竞这么说：

> 《漳河水》用了许多民间小曲，如《开花》《四大恨》《割青菜》《漳河小曲》《牧羊小曲》，经加工改造，有了文人诗的特点。作者注意情和景的结合，注意基调晦明变化，是符合情节发展的需要。在1949年除夕于北京写的《小序》里，我详细地对这首诗和民歌的渊源进行了叙述，这首诗的曲子是个大杂烩，像曹氏父子作乐府民歌，依曲填词，而又略作加工修改，为我所用。

"漳河水，九十九道湾

层层树，重重山，

层层绿树重重雾，

重重高山云断路。

清晨天，云霞红红艳，

艳艳红天掉在河里面，

漳水染成桃花片，

唱一道小曲过漳河沿。"①

除长诗之外，在对民歌形式的活用过程中，不得不提阮章竞在《漳河水》之前创作的歌剧《赤叶河》。这部歌剧的长篇叙事中唱词与诗相通，里面还有对元曲以来中国传统戏曲形式的承袭：

——女主角燕燕的唱词："滚好米汤蒸好馍，瞧瞧南山坡，有心要叫声俺的哥，新媳妇脸皮薄。"

——地主吕承书调戏燕燕的唱词："步儿娇，鞋儿花，腰儿小得一把抓。身裁长，头发黑，脸蛋儿像朵海棠花。好像风吹杨柳摆，颤颤动动，动动颤颤，又像手里端着凉粉块！"

"颤颤动动，动动颤颤"的凉粉块，符合反面人物的审美方式，语言传神精准，有令人惊艳的古典戏曲之妙。以上短章的唱词风格在《赤叶河》中还有不少，皆可成为阮章竞民歌形式活用过程中的范本。在对丰

---

① 陈培浩、阮援朝：《阮章竞评传》，桂林：漓江出版社 2013 年版，第 91～92 页。

富多样的民歌体的学习与整合中，故事的生活背景、人物塑造、情节发展、语言风格更为流畅，且为诗歌创作与人物发展开拓了更为自由灵活的广阔空间，清新活泼的语言也给读者留下强烈的印象与美感。

第三，民歌体叙事长诗的形式独特性，是民歌体与古典文学的结合。

在使新诗民族化的过程中，他也着力将新诗的文学性推向一个更为成熟的高度。《漳河水》突出的贡献在于学习了古典诗词中遣章造句的传统精华，使得读过此诗的人都感觉到其中寄寓的古典底蕴，大家印象深刻、朗朗上口的诗句"漳河水，九十九道湾，层层树，重重山，层层绿树重重雾，重重高山云断路"，就是成功化用古典的体现。阮章竞对民歌体和古体诗的不同尝试与坚持，特别有趣地表现在他的《漳河水》分为太行版（太行新华书店）和人文版（人民文学出版社）两个版本之中，以下是他在太行版中用《开花调》的两句四章写成的"苦难曲"作为开头：

> 漳河水，九十九道湾，／往日的凄惶也诉不完。／／百挂挂大车拉百挂大车纸，／大碾盘磨墨也写不起。／／黄连苗苗苦胆水奶活，／甚时说起来甚时火。／／枣核儿尖尖中间粗，／甚时提起甚时哭！

而人文版的诗歌首部是自由体的序诗《漳河小曲》：

> 漳河水，九十九道湾，／层层树，重重山，／层层绿树重重雾，／重重高山云断路。／／清晨天，云霞红红艳，／艳艳红天掉在河里面，／河水染成桃花片。／唱一道小曲过漳河沿。

有人认为："从美感上看，后者显然比前者艺术味道强些。但现在读起来……人文版的'小曲',仅仅是纯自然景物的描写,其语调色彩美是美,与后边的妇女苦难的遭遇调子风马牛不相及,好像就是'为了革命的内容和尽可能性完美的形式'硬性地相结合。从小曲看,作家的艺术个性就不如原版的强。"[①] 其实也未必如此。前者固然有着活泼泼、灵动动的民间气息与情感冲击力,而后者在没有政治规定性的今天,同样是典雅耐看、经得起时间淘洗的诗句。况且用景物的起兴作为开头自然而然、内敛含蓄,与后面的内容同样可以融为一体,艺术个性的审美并未因此而减弱。再者,如果那么容易分清高下,就不会将之双双保存、发表、流传至今,这两种个性的美当初一定让他难以取舍也乐在其中。

阮章竞诗歌在民间汲取营养的同时,也不忘向中国传统文化的宝库借鉴,民歌体与古典诗词、传统戏曲的结合,提升了诗歌文字上的整体水准与感染力,是对这一路民歌叙事体的超越,使得他的叙事长诗在《王贵与李香香》《王九诉苦》等一系列解放区民歌体叙事长诗的创作探索中成为突出的代表。

第四,民歌体叙事长诗的形式独特性,是诗中有笔墨与音乐的意境。

关于多种艺术形式的运用,阮章竞也曾明确表示:

> 最初的"漳河小曲",我总是感到不满意,无法记得改过多少次,无法记得苦闷了多少天。最后是从春天的清晨看到一个画面后写成现在这个样子。这个画面的出现,使"九十九道湾"一下子起了主旋律作用,贯串全诗,回荡始终。
>
> 全诗划分成往日、解放和常青树三个部分,每部开头都要

① 李容焕、余丛、阮援朝编:《永远的阮章竞》,广州:暨南大学出版社 2013 年版,第 48 页。

有个部首诗；全诗结束，也要有个终曲。这是从《乐府》、古典诗中，从声乐曲和器乐曲中得到的启示。①

从阮章竞自己的叙述中，可以看出其诗歌创作是音乐、绘画等多种艺术修养的结果。作为一个爱音乐的画家，他的诗应该是有美丽节奏的画，作品中的音诗画交融是其作品形式美的另一重要特征。音诗画合一在阮章竞叙事长诗中表现为一幅幅色彩、光影、动静、空间的构图与画面，写意与抒情、写实与绘景、画面与情感，有更融会贯通的一致性：

> 看那一堆一堆的白泡沫，／多像一簇一簇的素馨花。
> 大海平，平得像绿野，／平得像铺着一张芭蕉叶。
> 绿绸被子似的海水蹬动了。／鱼肚白般的青光泛起来了。

除了《金色的海螺》中的这些句子，其他诗作中也有这样一些的轻巧的意象：

> 晨星底下的威尼斯，／影影绰绰，你真动人。／球形的教堂，／尖峭的高塔，／顷刻一下，／座座披着橘红色纱巾，／红白错落半透明。
>
> ——《晨》

> 在青翠欲滴的古树林边，／有一丛半开的白色蓓蕾，／喁喁枝头，似说却笑，／朵朵绽着微红淡绿的小嘴。……乳白色

---

① 1982年1月12日阮章竞在北京作协谈创作，张紫辰记录整理。

的衣裙绲着红沿，/ 宝石般的眸子多像欢乐的海水。/ 她们像
一团轻轻的白云，/ 倏然从天上飘下绿茵。

——《半开的蓓蕾——在兰特听少女吹奏乐队演奏》

欧洲色彩斑斓的国度在诗人的眼中交织成色彩、光线、影音的盛宴，对于外在世界美的敏感、捕捉、提升，使得诗意之美与音画之境交融，诗意与浪漫之情在诗歌的形式里驰骋。

阮章竞诗歌审美内涵的独特性

以阮章竞的叙事长诗为例，除了代表作《漳河水》《圈套》，童话诗《金色的海螺》外，还有其晚年创作的《胡杨泪》《漫漫幽林路》两部。在个人遭遇与社会变革之间的关系中，阮章竞笔下这些长诗所着力展现的是新世界、新背景下人物命运的改变，也有革命和新中国带来的更为深刻、内在的成果和改变。

《漳河水》的写作是 1949 年 3 月 26 日初稿于卧虎坡，1949 年 12 月改写完毕于北京，1949 年除夕序于北京，1949 年 5 月 1 日《太行文艺》第一期正式发表，1949 年 9 月正式出版，上海新华书店发行，1950 年 6 月 1 日《人民文学》第二卷第二期再次发表。由此可见，《漳河水》酝酿和发表的时间，显然与共和国成立的时间是重叠的。作为一名文学工作者，这种见证时代的创作是何其荣光的一件事。也就是说，新中国的诞生极大地激发了阮章竞他们那一代诗人投身火热新生活的热情。此诗与其他诗人的作品一道，诞生于新旧时代相交的关节点上，而在所有参与到新中国激情洋溢的大合唱的作品中，"我们印象深刻的有两首抒情诗，一首就是何其芳先生的《我们最伟大的节日》，另一首是胡风先生的

《时间开始了》。这两首诗都是抒情诗，胡风先生的是首很长的抒情诗，何其芳先生的短一点。里面都写到这个新生的国家诞生时候的雷雨，隆隆的雷声"①。

> 你也感到了
>
> 这摇撼着雷雨的大交响底抚慰罢
>
> 那是催生歌
>
> 也是催眠曲
>
> 我梦幻的心
>
> 荡漾着一片醉意
>
> 越过你的侧脸
>
> 飘忽地回到了七月一日的狂风暴雨下面
>
> 好猛烈的狂风暴雨
>
> 好甜蜜的狂风暴雨
>
> 夹着雷声
>
> 飞着电火
>
> 倾天覆地而来了
>
> 被你吹着淋着
>
> ——胡风《时间开始了》

何其芳在《我们最伟大的节日》里，写人民政协开会的会场上，由外面的雷声写到中华人民共和国在雷雨声中诞生：

---

① 谢冕：《〈漳河水〉的写作与艺术风格》，《中国现代文学研究丛刊》2014 年第 8 期。

中华人民共和国

在隆隆的雷声里诞生。

是如此巨大的国家的诞生，

是经过了如此长期的苦痛

而又如此欢乐的诞生，

就不能不像暴风雨一样打击着敌人，

像雷一样发出震动着世界的声音……

　　如果说，在同时代大多同行的创作中，我们看到的是狂风骤雨式的革命，那么阮章竞的叙事长诗所表现的革命抒情与胜利喜悦则显得有耐人寻味的内在变化。"许多诗人在讲雷声雨声的时候，在隆隆雷声当中，我们记住有这么美丽的，非常温暖的，人民解放的长诗。"①时隔多年，站在我们今天的视角重新解读，就像我们对那个时代的革命认知一样，对《漳河水》等作品也会有新的见解与发现：这里面不仅仅有那个时代的暴风雨的痕迹、概念化的模式，也有润物细无声般潜移默化的过程。尽管诗中人物在性格与命运的转变上显得急促，但出于当时作家们对新生活的强烈想象，这也是那个时代创作中的普遍现象。诗歌还借鉴了民歌体中爱情描写的灵动有趣，这种温暖的表现在那个时代的写作中是应该被刻意回避的，而阮章竞的长篇叙事诗歌却在革命的主题之下保留了诗歌本应宣泄的一些主体特征。

　　《漳河水》全诗分为往日、解放、常青树三部分，第一部分写解放前

---

　　① 谢冕：《〈漳河水〉的写作与艺术风格》，《中国现代文学研究丛刊》2014年第8期。

漳河边三个闺中密友荷荷、苓苓、紫金英婚后回乡互诉彼此婚姻的不幸。第二个部分写的是解放后三人在新政权新政策的影响下翻身转变的过程。第三部分诗歌分别叙述荷荷、苓苓和紫金英得以婚姻自主、人生独立的结局。在《漳河水》中，对革命胜利的欢喜与拥护，是通过描述漳河边上的三位女性在婚姻家庭生活上的不同遭遇，从而展示了新中国、新生活给劳动妇女带来的命运改变。在勇敢的荷荷、善良的苓苓、柔弱的紫金英之间，在三位女性与其对立面的那几个男人之间，在三位女性的旧婚姻与新命运之间，组组人物与关系对照形成对比反差的诗歌审美。

> 荷荷想配个"抓心丹"——荷荷嫁了个半封建
>
> 苓苓想许个"如意郎"——苓苓许了个狠心郎
>
> 紫金英想嫁个"好到头"——紫金英嫁了个痨病汉

　　左边是诗歌开头三个姑娘的美好心愿，右边是后来故事发展的不幸事实，"抓心丹"亦即情投意合，"如意郎"亦即男女登对，"好到头"亦即长长久久，前后一对应，在增加了故事感染力、加强了人物形象塑造的同时，也在故事结构上给予有力呼应，同时更牵引读者的心，使之急于想知道故事的发展与结局。整首诗歌语言符合人物身份又生动活泼、充满民趣，在婚姻自由、人格独立的主题里，形象地表现了妇女解放与社会解放的主题，通过周围环境、人物心理性格、命运改变、劳动生活的描写，抒发的是"绿杨翠柳枣花儿香""自由天飞自由鸟"那种耳目一新的生活意境，其格调与解放区的现实生活相比、与同时期其他作品相比，应该说有一种落到实处的民间温暖，革命背景下的小家庭、小日子还偶有过于浪漫化的渲染。舒乙曾说："现在纵观这个时期的作品，可以说阮章竞的《漳河水》是最好的一部。解放区文艺的书可以成册的，合起来大概也就是一米厚。在这么厚的东西里面，从诗歌来看，最好的一部大概就是《漳河水》了。"①不少同时代的代表作家充分肯定了《漳河水》的艺术成就，认为它在塑造性格鲜明的女性形象的同时，又在长诗中借鉴民谣与古典诗词的优长，叙事与抒情相结合，营造了极富感染力的艺术境界与审美内涵。大家当时对此诗的喜爱，现在看来，不能不说是与萦绕其间的人情、人性相关。在那个时代铺天盖地的主流抒写、强势表述中，千千万万的作者与读者可能都被新生活的泪水模糊了视线，没能看清在雷电暴风的世界里，对内心世界的挖掘、与民生相关的温暖、对小人物命运的关照，恰巧应是关于那个伟大时代的喜悦、激情、赞美与拥护中最具说服力的表达方式。

随着政治环境的改变，阮章竞晚年的创作中这种不甘于"雷电暴风"的写作诉求更倾向于一种质疑与反思，更趋理性与本色。叙事长诗《胡杨泪》，通过一个支边少女的悲剧，充分表现出他对普通生命个体、女性婚姻家庭问题的持续关注。在思想解放的历史背景下，他在对制度的审视中发出"求宣泄"的"问月"呐喊：

> 珠江老阮爱多事，
>
> 拄杖昆仑问秋月。
>
> 满腹郁抑理不清，
>
> 碧海青天谁理解
>
> 茫茫宇宙　茫茫河汉
>
> 茫茫昆仑　寂寂边关月

---

① 李容焕、余丛、阮援朝编：《永远的阮章竞》，广州：暨南大学出版社2013年版，第48页。

风瑟瑟，树瑟瑟，

雪溪静静流碎月，

冷光明灭水曲折，

寻路向幽幽深谷

求宣泄！

——《胡杨泪》

"他不愿意按简单的政治逻辑将革命过程中的挫折归结为偶然的失误，更不愿用某些貌似宏大的说教掩饰革命中的伤痛，在这些伤痛面前他的良知感到不安和痛苦。恰恰是这些困惑和怀疑，迫使他不停地追寻和拷问，使他自青年时代就追随的信念之光没有暗淡下去，而是随着时间的流逝，开始还原出应然的本色，升华和闪耀在他的精神世界里。他坚守着这个精神的世界一直到生命的最后。"①

随着形势与心境的改变，在其大量主流诗歌的创作中，阮章竞晚期的《故园情》有一种令人耳目一新的柔软，诗篇中流露着浓浓的原乡情怀以及田园牧歌式的恬淡、悠扬：

霏霏细雨蓝色雾，

三百里嘀嗒绿明珠。

笛声柔柔水悠悠，

三百里江轮犁碎玉，

---

① 李容焕、余丛、阮援朝编：《永远的阮章竞》，广州：暨南大学出版社 2013 年版，第 54 页。

雨丝飘粤曲。

——《三百里西江路》

夕阳斜照，
桑榆老干学龙腾，
小鸟回窝，
羊群回栏，
水牛娉婷，
慢条斯理杨柳岸。
……
白楼蓝瓦，
隐约藏在红纱幔，
平江点白帆。

——《向中山》

无论阮章竞早年的诗歌是想在诗歌的圈套里保留些什么艺术上的追求，还是其晚年诗歌中抹不去革命生涯里的一些记忆，在种种局限性之下阮章竞的心声表达也只限于此。但在无法超越的时代政治叙事语境中，一切关于诗意与温暖的尝试都在模式化、概念化的因袭中存在着，不至于完全被历史湮没无声。

结　语

从个人命运遭遇与社会整体变革的关系这一角度来看，阮章竞的叙事长诗具有很强的现实意义；在新诗探索的路途上，他将多种艺术形式融合并加以个人化改造的尝试也属成功个案。属于他们的那个时代虽然过去了，但他们曾用精神捍卫与抒写的作品，确有值得我们探讨的独特之处。

在内容上，在一个大时代的主流抒写、强势表述中，阮章竞的长篇叙事诗中表现的革命抒情与胜利喜悦的确有着耐人寻味的内在变化。随着政治环境的改变，在其晚年的长篇叙事诗中这种不甘于"雷电暴风"的写作诉求更倾向于一种质疑与反思，更趋理性与本色。在形式上，阮章竞有关叙事长诗的创新，包括如何在较长的篇幅中发挥诗歌之长、如何改善对民歌体的运用、如何将民歌体与古典文学结合，并将他熟悉的绘画、戏剧模式在诗歌叙事中进行转换。

究其原因，阮章竞的创作与审美，与其南国故土的浸润、温和儒雅的性情、宁静致远的心境与深邃真挚的职业操守都无不相关。

当然，在其人生大背景之下统而观之，对内在暖意的寻求与表达毕竟有限，种种局限性之下阮章竞的心声表达无法超越时代政治的叙事语境。并且，"那些曾经让它备受称道的因素，很可能让它在下一个时代备受诟病"①。政治主题、时代制约使得他的叙事长诗也存在不尽真实的一面，其诗歌的内容与形式的探索只是特定环境中的尽可能，但他的努力与尝试却是毋庸置疑的事实。

---

① 陈培浩、阮援朝：《阮章竞评传》，桂林：漓江出版社2013年版，第101页。

背景篇

岭南文学现场的若干向度

岭南散文创作的现实语境

作为中国文学主要表达方式之一的散文，从先秦两汉到魏晋南北朝，从隋唐五代宋元明清到"五四"时期，一直都是所谓的精英文学，是一小部分人在和文学发生亲密关系的途径。只有在新时期之后，尤其是网络文学盛行的今天，我们才迎来了一个平民文学遍地开花的局面。这种传媒时代的文学在给我们提供更广阔发展空间的同时，也反过来局限了文学的很多可能性。这些年来文学创作方方面面的多元化使得我们的文学现场变成文学秀场、名利场，各式各样的文学现象在这场名利双收的饕餮盛宴中让人目不暇接，

当下岭南的散文创作呈现活跃之后的继往开来之状，然而在开放而文明的社会中，"一切都更加智慧、诡秘、灵活和富有个性，一切都更加体贴人性，判断大作家大作品，恐怕也不能沿用传统感觉了"①。媚俗、媚雅、仅仅飘浮于生活表面与底层的种种借口，当我们的时代精神从一种崇高典雅的整体主义向自由散漫的个人主义转变的同时，我们在这之间平衡着什么？分量在哪儿？分寸在哪儿？交接点在哪儿？所以我

---

① 池莉：《访谈录》，《怀念声名狼藉的日子》，昆明：云南人民出版社 2001 年版，第 273 页。

们现在的困惑不再是唯恐没有新生事物、唯恐不能突围而出，最困扰我们的应该是标准和界限在哪里？很多东西被模糊掉了，我们几乎无法定位，这兴许是文明和进步的一种标志和结果，可我们依然需要解决的问题是新的游戏规则在哪里呢？置身岭南文学创作的圈子，所见所闻由时光隧道连接着的整个散文创作的风起云涌，许多看似岭南文学的区域性现象，还是能引发我们对文学之路何去何从的思考。

散文的地域背景之争

20世纪30年代在欧美各国兴起的人文地理学研究，中国古已有之，即通过对文学家所处地理环境的考察来研究文学作品的地域性。我们生活于其中的南方，就令人常常深感其"地理、地貌以及那潮湿阴郁天气"和"长期的历史人文变迁形成的辐射力"[1]对南方写作的格调与南方文人的心智构成的巨大影响，从而深深影响着文学本身。

一部优秀的作品、一个优秀的作家，就是当地"独特而庄重的地标"[2]，一个作家在所处的生态环境中生成衍化出自己特有的文学路径和审美格局。张爱玲、王安忆、池莉、方方、贾平凹、陈忠实都是出色的地域作家，刚获诺贝尔文学奖的莫言对他的高密乡进行了魔幻现实主义的陌生化，但在所有人的眼中还是有迹可循的。"一个无与伦比的美人有时并不完全基于自身那种原生态的美丽，往往因为有传说、有典故、有叙述而成为经典，正如海伦的美是因为后世人对特洛伊战争的反复描述。一个地方，同样也会因世人的反复吟咏而负载了许多额外的内

---

① 晓华、汪政：《南方的写作》，《读书》1995年第8期。
② 张学昕：《文学的地标》，《文艺报》，2013年4月17日。

容。世人是喜爱附会的，如果不是千百年来文人骚客的渲染，那个桨声灯影里的秦淮河而今安在?"①散文的地域性写作当然也是散文创作中不可回避的问题。

近些年来，在经济拉动下，广东的散文创作确实在创作总量、群体、投入诸方面都有突出表现，再加上南方媒体对广东散文创作的活跃力挺，媒体占有率、政府投入、创作群体的坚持，使得岭南散文创作呈现百花齐放、百家争鸣的双百景象。尽管如此，岭南文化也不可避免地带有中原文化几千年挥之不去的影响，加之改革开放后几千万北方打工大军与广东本土的融合，所以广东并不是脱离大环境的特殊文化变体。可我们看到的是，这么多年过去了，无论散文创作还是散文评论，依然被冠之以"广东散文"的标签，今天的整体散文创作也还是被人为地近乎盲目地分为"西北风""江南派""岭南派""大散文""小散文""女散文""男散文"等等。创作面前人人平等，作品的高低强弱优劣不应拘囿于"大"的还是"小"的，"男"的还是"女"的，"南"的还是"北"的，"且主要是因为'小'的、'女'的、'南'的而影响其品质"②。其实，对于"大"与"小"、"重"与"轻"等问题的执着只能说明曾经使我们纠结的那些旧事并没有离我们远去，还在根深蒂固地影响着我们的文学观念。文学地理学是一门科学，但绝不是狭隘的地方主义和浅显的地域标识。地域与背景无疑是创作的原因与起点而不是结果与终点，伟大的作品从来都是超越种族、语言、地域甚至时代的。

写自己熟悉的，写身边的，写广东的，但不是写广东散文。梁平那封著名的《一个命名的生成与确立的期待——给中山诗群的一封信》，其

① 阮波：《因叙述而美丽》，《阮波自选集（评论卷）》，广州：广东人民出版社2011年版，第58页。
② 阮波：《泾渭不一定分明》，《河南科技大学学报（社会科学版）》2006年第3期。

中谈到这两年在中山甚至广东乃至全国都比较火热的"中山诗群"现象，其实这对于岭南的整体创作都是一个启示，包括岭南散文——对个体研究和整体考量都还显薄弱，缺乏理论批评上的支撑、指认和文本的解读。长此以往，无疑会导致创作群体在符号意义上的停留，进而是在文学史上的短暂逗留。与此相关联的另一方面是，无论先锋作家还是传统的写作者，都缺乏作为群体的共同方向感和地域认同，不能更有效地在群体共性中张扬自己的个性。"缺失了整体意识的群体是不存在的，也是不能恒久的。"① 否则，中山的可以加入珠海、深圳，广东散文可以毫无特色地混迹于其他地域创作中。这是一个普遍性的问题，也是值得格外警惕的问题，对这个问题的重视与改进，关乎岭南散文基本成型的区域性群体能否在文学版图中占有一席之地。

思想性与亲历性之争

在一个文化与文学濒临绝境之声不绝于耳的时代，陆续出现了"文化散文""历史散文"等所谓的"大散文""纯散文"，以及后来的"新散文"。历史文化散文大气、厚重，新散文有很多新的探索，且新散文作家多是由诗歌写作转型，语言的凝练、思想的纯粹给人耳目一新的感觉。可回头看看，引发惊喜的新散文如今也已经旧了，不过"一件很新的中山装而已"②。文化、历史散文的逐渐模式化、说教做作、亲历性缺失、"个人感怀少，公共感怀多"引发争议③，这类作者们像是受了集体无意

① 梁平：《一个命名的生成与确立的期待——给中山诗群的一封信》，中国作家网，http://www.chinawriter.com.cn。
② 西篱.：《广东散文创作的现状与未来》，金羊网，http://www.ycwb.com。
③ 陆敏文：《文化散文何时走出困境》，《新世纪文坛》第46期。

识的暗示，情感格调惊人相似，显露出一些发人深思的审美局限。"生活是如此风起云涌，而个人经验却苍白无力，知识性写作、史料性写作能否将过去的、僵死的史实化为个体的、生动鲜活的、实实在在的玩意儿？缺乏亲历性是否会成为一种正确的方法？精神交流建立在什么样的基础之上才会行之有效？它的生命力何在？孤芳自赏，照远不照近，无视来自受众来自民间的声音，无疑使作品远离读者。"①销量不等于文章的好坏，思想性也不一定代表了散文的整体美，中国古诗当中民歌比文人诗、文人诗又比玄言诗更被广为传唱的原因也正在于此。广东省社科院原文学所所长张振金在提出散文写作的历史价值问题时认为："关键要看作家的创作给散文发展史提供了什么可供参考的新鲜东西，他认为文化散文有文化无散文，所以不能进入文学史。"②文化散文有文化无散文、历史散文有历史无散文，的确不是我们想看到的。《作品》副主编艾云认为："散文应该是心智力量与陈词滥调作斗争的产物，写作本身是寻找各种人性、精神的秘密。"筱敏认为："作家的创作首先要对自己负责，至于作品出来是什么结果就不是作家自己能左右的。"③至于在她们的散文创作中思想性与亲历性几分几成、孰高孰低，并没有直接的答案。广东有不少散文作家的作品按此归类似乎都属历史文化散文之列，对于他们作品的争议实则是关于散文思想性与亲历性的审美争议。

拙文《泾渭不一定分明》中曾提及有关岭南历史文化散文批评的误区："支持历史文化散文的属于'苏联模式'，对历史文化散文持异议的属于'欧美模式'；支持历史文化散文的是现实主义，对历史文化散文持异议的是现代派；支持历史文化散文的是思想派，对历史文化散文持异

① 阮波：《泾渭不一定分明》，《河南科技大学学报（社会科学版）》2006年第3期。
② 西篱.：《广东散文创作的现状与未来》，金羊网，http://www.ycwb.com。
③ 西篱.：《广东散文创作的现状与未来》，金羊网，http://www.ycwb.com。

议的是亲历派；支持历史文化散文的是整体主义、集体记忆，是'诗言志'派，对历史文化散文持异议的是个人主义、个人化写作，是'诗缘情'派。我们能够因为有了《罪与罚》就不要《等待戈多》了吗？我们能够因为有了《百年孤独》就不要《复活》了吗？我们能够因为有了《父与子》就不要《第二十二条军规》了吗？我们能够因为有了《尤利西斯》就不要《日瓦戈医生》了吗？答案再肯定不过了——'苏联模式'或'欧美模式'都有好作品，现实主义与现代派对于人类有着一样深沉的思索和哀愁，思想派与亲历派的作品中闪烁的人性光辉别无二致，整体主义和个人主义也不乏相同的孤芳自赏与认真。"[①] 对于目前的岭南散文，这种模式化机械批判的情况并没有完全改变。

关于思想性和亲历性的争议与误读也许出于创作者两种向度的择取。一方面，主体性以及西方现代主义更多的思想资源涌进中国后，我们看到了很多作家向个人经验写作的转型。事实上从 20 世纪 80 年代后期开始，不少著名作家包括王蒙、张洁等，就从时代的中心撤退，"几乎是重新书写个人的记忆"[②]，这些作家都依附于个人记忆与经验。显然，所谓亲历性与思想性的问题更多的还是与创作者的年代相关，每一代人都有自己独特的生命体验与价值理念，50 后作家群体转向个人经验的同时与更广阔复杂的历史对话，六七十年代的作家寻求更有"内向力的突破"[③]。在这个过程当中，亲历性、想象力、思想性相互混合撞击，亲历性其实也是在学习西方的过程中一个想象性的结果，它在传统叙事资源的基础上整合发酵，在自我宣泄中完成对思想性这一传统叙事资源的反拨。而

---

① 阮波：《泾渭不一定分明》，《河南科技大学学报（社会科学版）》2006 年第 3 期。
② 陈晓明：《文学与时代及其个人经验》，《文艺报》，2013 年 4 月 22 日。
③ 陈晓明：《文学与时代及其个人经验》，《文艺报》，2013 年 4 月 22 日。

另一方面，基于以上散文创作的"现代性焦虑"①，写作者本人可能也陷入两难的困境：当现实的心灵与细节令人失望之时，一批对过往传统的叙事资源和记忆恋恋不舍的作者，出淤泥而不染地捍卫散文的尊严，他们这种回归思想性的撤退同样"不是出于文学的外部压力或观念调整"，关键是"调整技术处理的方式"②。

其实无论什么流派与风格，文学归根结底是一种"根情苗言"的东西，容不得半点矫情。不是没有矫揉造作的人从事艺术创作，但是时间会说明问题，读者会说明问题，事实更能说明问题。万变不离其宗的是散文真切的情感和写作的诚意。尽管创作是一种有极大展开空间的个体行为，甚至可以虚构情节，但不等于作假。创作确实需要诚意，需要自然而流畅的情感，如果在生活中作假情有可原的话，在作品中进行二度作假就根本是毫无意义的事，只会使创作意义等于零。刘半农曾说："明明是感情淡薄，却偏喜做出许多恳挚的'怀旧'，或者'送别'的诗来。明明是欲障未曾打破，却喜在空阔幽渺之处立论，说上许多可解不可解的话儿，弄得诗不像诗，偈不像偈。诸如此类，无非是不真二字在那里捣鬼。"③"要做文章，就该赤裸裸地把个人的思想情感传达出来。"④他说的现象当然不只在诗界，在今天的散文界甚至文学界也还是存在的。

① 郭冰茹：《"传统叙事资源"的压抑、激活与再造》，《广东文艺批评文选》，广州：花城出版社 2013 年版，第 32 页。

② 郭冰茹：《"传统叙事资源"的压抑、激活与再造》，《广东文艺批评文选》，广州：花城出版社 2013 年版，第 4 页。

③ 刘半农：《半农杂文自序》，《中国散文鉴赏文库》，天津：百花文艺出版社 1990 年版，第 118 页。

④ 阮波：《文字狱 vs 文字欲》，《阮波自选集（评论卷）》，广州：广东人民出版社 2011 年版，第 144 页。

散文现场的品质之争

在散文创作的问题上，我们也要问一句——散文有自己独立的品质吗？"中国的文字似乎从来就没有存在于时代之外，'文革'时期的文字受单一的政治力量的驱使，现如今的文字恰恰相反，受到诡秘灵活的多重暗示。"①我们常常说，现在是一个不能没有主持人但没有大师的年代，大师在我们这个年代绝育，原因何在？如果这算是天时、地利的话，对于时代我们无能为力，至于人和，更多的应该是一种宽容平和的创作心态，因为这依然是可控的，亦是比较可议论的。

我们的散文走到今天这一步，首先是"趣味"与"平和"的问题。"平和"令人理解和包容更多的东西，包容一切合轨和出轨的思想与文字；"趣味"则使人从无可奈何的现实生活中解脱，令一切变得生动，充满意义。"趣味"当然不能等同于"媚俗"，"趣味"可以十分崇高，譬如贝多芬的奏鸣曲、凡·高的向日葵和邓肯的手舞足蹈。文章自然要载道寄意，但不等于沉醉在美丽而空虚的宏论里沾沾自喜。过于严峻的外表往往令人望而生畏，反而失去了"自然天真的魅力和教化众生的功能，尽管这是文人墨客最初的良好愿望"②。

其次是品质与责任的问题。现实抒写不仅要有苦难、愤怒与憎恨，也要有一些像郭金牛那样的《在外省干活》的状态；"高大上"写作自我陶醉，照远不照近、照虚不照实、照上不照下，满嘴史料、口号、浮夸、空洞，实则无视来自受众、来自民间、来自大地、来自心灵的声音，

---

① 阮波：《我的文学观》，《阮波自选集（评论卷）》，广州：广东人民出版社 2011 年版，第 141 页。

② 蒋原伦、潘凯雄：《历史描述与逻辑演绎》，昆明：云南人民出版社 1994 年版，第 1 页。

这样的作品远离真实、远离读者、远离现场、远离灵魂与品质，就是远离真正意义的主旋律。

再者，在心态平和与有责任感的品质基础上，还要强调形式感，强调作品表现形式的探索与创新。当然，散文是传统文学诸文体中变化最小的，但并不代表它在意识形态上是没有变化和不能变化的。边缘化、模糊化导致的相融互通、兼容并蓄是当今各艺术门类的必然趋势和出路，古老的芭蕾尚可抛开足尖鞋，与民族、现代诸元素相融合，今天的白话散文传承"五四"新文学运动的革命传统，更新意念，做出这样或那样的尝试，也未尝不可。当借鉴成为生存的手段和方式，打破僵化渐死的边界、不为固有的范式所囿便成为理所当然的事。"历史描述"的传统、"逻辑演绎"的套路①皆可在动与不动之间寻找归宿，每一位散文作家都应该是"语言乌托邦"②的创造者，不应放弃其自由飞翔的权力。

---

① 蒋原伦、潘凯雄：《历史描述与逻辑演绎》，昆明：云南人民出版社1994年版。
② 王一川：《语言乌托邦》，昆明：云南人民出版社1994年版。

珠三角地区少数民族的文学生态进行时

——由中山少数民族作家群体引发的思考

导　言

关于民族文学的定义，相关学者争议较大，"一直是见智见仁，说法不一"，"关于作家的族属问题，人们的意见似乎分歧不大。也就是说，首先要看作家是不是少数民族出身。如果是，就可以考虑将他的作品列入少数民族文学的范围；如果不是，也就不去考虑了"。[①] 那么，本文在此讨论的南方少数民族文学的归属范畴，自然就是以南方珠三角为主的少数民族作者创作的文学作品。

在我国南方民族文学的领域，少数民族应该说还是一个相对概念；而值得肯定的绝对概念是回归文学与写作的本质，民族文学的书写也应是为了安顿自我身心的产物。与汉民族相比，他们似乎有更多歌舞艺术的天赋与自在表达。拥有着比我们相对无趣的汉民族更直接和多样的艺术载体的支撑，南方少数民族文学是否应当呈现出更为自我的表情与节奏，有着江水入大海、林鸟夜归巢一般的舒畅自如的面貌？如何真实展

[①]　赵志忠：《少数民族作家在中国当代小说界中的地位》，《民族文学论稿》，沈阳：辽宁民族出版社 2005 年版，第 23 页。

现一个现代国度里的民族特点以及人类共通的本性，还有与此相连的地域国家的发展问题？南方民族文学如何反映时代变迁中的少数族群内心的喜悦与忧伤，甚至听见他们生命燃烧那噼里啪啦的声音？如何成为南方少数民族心灵的活地图与温度计？如何真实呈现民族记忆里的残酷与芬芳？今天的民族文学不仅仅是《荷马史诗》里那种马背上的游牧民族征服异域、铿锵恢宏的一面；又或者就是风情奇趣的展示，仿佛故事越离奇就越具特别引人之术；或仅仅停留于表面形式上的民族团结，形成了夸饰性的赞美文式。

地处南方珠三角地区的民族文学，是建立在中国民族文学近几十年各方面进步与变化的基础之上的，其创作现状与问题对整体的民族文学创作是有启发的：南方珠三角民族文学以中山民族作家群体作品为代表，对社会以及生养他们的那片土地和人民进行了观察，致力于将各种文化融于一体，关照草根生存的状况，力图做到有思想、有故事、有文化、有切入点，从而展现南方少数民族的人文画卷，这样的尝试是有意义的。但在情感的深度挖掘与文字的风格化方面仍有提升空间，而厚重感、深层审视、文字修养其实正是当地少数民族创作中相对薄弱的。如果仅仅停留在记忆的复述、简单的不舍、空洞的怀乡，什么身份、经验都缺乏坚实的支撑，更谈不上对生存状态的准确呈现与升华。一直以来，我们民族写作中已然形成了一些习惯，在表现独特性的同时过于依赖少数民族民俗风物中的猎奇成分，从而夸大了民族审美的陌生化，在一些浮夸的表象之下，民族文学流于地方志、生态图、个人化也就是必然的结果。我们的民族文学要站在同一级台阶上进行创作，必须扬长避短。

基于此，以具有特殊与同一性的作品为例，对于相关问题进行梳理之后，本文将论述以下关于南方珠三角民族写作的三个方面：①南方民族写作的审美标识优势；②他乡与故乡的纠结；③南方民族文化生态的现状与问题综述。

南方民族写作的策略性标识

在谈到语言的实质时，卡西尔认为是"隐喻"，海德格尔认为是"诗"，正是这种"隐喻"或"诗"的品格，使作品变得意味深长，使叙述有一种化腐朽为神奇的品质。语词如花，在语言的理想境界中，叙述使一切被叙述地域如花般绽放，使地域性、民族性写作蒙上诗性的色彩。民族生活一经叙述，就仿佛具有了炫目的光环，像被施了魔法般，有了一种神奇的美丽。很多作品利用了这种书写的魔力，使自己生活的周遭与现实变成"语言的乌托邦"。一个地方，一个民族，同样也会因世人的反复吟咏而附丽了许多额外的内容。如果不是老舍对老北京的深情描述，就不会有人们对于京腔京调的浓郁印象，湘西的凤凰城因为沈从文而成为旅游热点……①在南方这片沃土之上，因为民族书写，我们的民族地域蒙上了魔幻的色彩；因为民族书写，我们的民族身份凸显、民族文化进步、民族生活喜悦，也因为民族书写，我们的民族之魂变得柔软而安详。

回到民族文学这个母题，确实需要不短的心理调适期，尤其当我们怀揣着对旧日形象的深深眷恋。遥远、美丽的《荷马史诗》《吉赛尔》和《图兰朵》在西方古老的民族文学里颂赞的自然是爱情这一永恒的话题，所有民族的作品都无一例外。情感被反复吟唱，是因为它在现代尘嚣中日显苍白和荒谬，虽然它一直存在着，却只在民间的歌声中才表现出分量。是什么声音在高高低低地牵引着，让人不能心如止水？是什么

---

① 阮波：《因叙述而美丽》，《阮波自选集（评论卷）》，广州：广东人民出版社2011年版，第58页。

声音在不动声色地蔓延着，将率真质朴放回情感中去——

      "在那遥远的地方，有位好姑娘……我愿抛弃了财产，跟
她去放羊，我愿她拿着细细的皮鞭，不断轻轻地打在我身上。"
      "如果你要嫁人，不要嫁给别人，一定要嫁给我，带着你
的嫁妆，带着你的妹妹，赶着那马车来。"

    最有代表性的民歌里有着惊人的核心：在歌声里，爱就是应该那么
简单干脆，生活就应该那么可爱痛快，其他的一切并不重要，这似乎是
没有道理的，可没道理的并不是他们。这歌声，让我看到广不可及的戈
壁或者荒原上像花一样默默盛放着的"好姑娘"，"她那美丽动人的眼
睛"并没有因风沙、单调的生活、辛苦的劳作而失色，她自顾自美丽着，
在旷漠的高原之上唱着歌、赶着羊，有一个骄傲自得的世界。什么样的
男人才能不为之心动？才能不为她抛弃财产？这一刻，情爱因为没有文
明教化的打扰而变得美不胜收、自然而然。少数民族的文学艺术充分说
明了素朴和直率总是最好的，在现实中木然的眼睛在文学艺术中变得清
亮，在歌声中饱满得溢出的热情，在现实中却会被轻易击退，倦怠会大
摇大摆取而代之。大概都市人已习惯将喧嚣当歌，扭动、翻滚于其中。
而在南方的都市里，这样的歌声早已变得缥缈了。这生命的歌、古老的
唱是我们各民族原本拥有的生命状态，如今转为陌生。而这份陌生仍然
以顽强的生命力石破天惊地存活于姿态万千的民族文学里，形成一种距
离产生美的创作优势。此外，我们在某些需要表达情感的场合，比如请
一个汉族人跳舞，他一定会略显羞涩地推辞，说是不会或是没有学过。
其实可以肯定的是所有人都具有与生俱来的舞蹈能力与天赋。与写作等
技艺不同的是，舞蹈更近乎人类的一种集体无意识才能，深藏于人们的

体内而不自知。但在少数民族的生活中，一切似乎都还是那么随性而自在——我舞蹈，因为我忧伤；我歌唱，因为我喜悦——这样简单而又纯粹的生趣与美感，是现代人日益疏离与陌生着的。这种差异性恰巧成就了民族文学独具的美感。南方少数民族就是"南方""少数""民族"三个关键词的组合，赋予了他们及他们的文学以陌生与魅力的特权。

在南方特殊的写作语境中，传统资源与外来文化有着最大程度的整合，沿海地区所谓的海洋文明"赖以维系的物质基础始终牵引着文化纬度的世俗性"[①]。在此基础之上，一种以世俗情怀与利益追求为导向的文化心理与创作心态，势必影响着整个南方文化大系统内的方方面面，甚至成为诠释该地区创作的一个标向。在此背景下，聚居于此的各民族及其传统文化和日显保守的农业文明及传统文化精神内涵的反观，对精神家园的浪漫描述与追寻，无疑使南方文学中的民族元素具有先天优势，使南方民族文学作品更容易脱颖而出。

现居广东中山市的土家族作家谭功才，以其出生地鲍坪为创作蓝本而创作的集子《鲍坪》，在其个人的文学创作生涯中引起了最大程度的社会关注，其中一个重要原因就是在这之前他的个人写作基本没有对自我的民族身份做过如此集中的民族抒写。《鲍坪》分别从地理、人物、风俗、风物四个方面来描摹故乡鲍坪的人情风物，表达了作者对土家族故土的悠悠怀念。《鲍坪》的创作意义、写作手法和内容的成功基于作者对自我民族身份的正确定位，一个作家的成功不仅仅依靠笔力，风格、特点、方向形成的合力亦即综合实力，对于作家的创作前途有决定性影响。于南方诡谲多变的文学市场，个人写作的策略性规划就更显重要。

---

① 苏文菁：《海洋文明》，《区域与全球的互动：明代至民国的中国东南文学考察》，北京：北京大学出版社2013年版，第146页。

《鲍坪》被关注，因为这是一部带着温度和厚度的反映乡愁的作品，更因为这是一部恩施土家族的丰富人情志。

正如杨丽萍的孔雀舞一般，文学作品中的标识与辨识度是文学作品成功的重要元素之一。对民族作品而言，这一点甚至更为重要。"对于中国少数民族作家来说，他们有先天的、得天独厚的民族文学土壤和优秀的民族文化传统。立足于自己民族的社会生活，再现独特的民族生活画卷，反映民族的风土人情，展示传统与现代、人与自然之间的融合与矛盾，这些应该是少数民族作家的独到之处和作品理想的追求。"①而我们的南方民族文学同样浸润在古老先祖图腾与灵魂的沃土之中，具有先天优势与取之不尽、用之不竭的宝贵素材，如能将目光铺展开来，深入挖掘本民族的非物质文化遗产，进入民族情感的最深处，以自身最为熟悉的生活开发文学写作的根据地，直至形成个人写作的生态链，而不只是私人意义上的地方志、风物志，就能形成具有流动感的民族生命写作，这才是一个民族抒写者永恒的精神退守之地。

他乡与故乡之间的平衡

说到一个民族抒写者永恒的精神退守之地，就会自然地引出"他乡与故乡"的问题。我们常常看到的现象是，很多作家漂泊在外，已经无法分清故乡与他乡。社会的变迁、时代的更迭，使得一大批各个年龄层的作家沦为无根、无乡愁的作者，也形成了一种无根、无乡愁的文字书写，从而引发对于这种"无根文学"现象的探讨。

---

① 赵志忠：《少数民族作家在中国当代小说界中的地位》，《民族文学论稿》，沈阳：辽宁民族出版社2005年版，第23页。

有一种观点认为,这类文字及作家的都市化写作本身没有问题,也不乏力作,问题是他们偶尔为之的乡愁令人起疑——当他们为现代文明的物欲所累,他们就还乡,返回生命的原点、精神的家园,留下一些原乡人的感慨;一旦离开那片故土,那汪洋中的一条船便随之隐没。这种情况当然还包括了不少著名作家。那么读者会问:既然如此眷恋精神原乡,为何离开,又何来感慨? 不如逍遥自在,常居旧地。如此功利的怀乡之情岂不如无本之木、无源之水,显得惺惺作态? 这样的质疑虽略显简单粗暴,但也表明了他乡与故乡之间这种双重人格之纠结。这种纠结,在南方民族文学的发展中应该说表现得更为明显与强烈。

　　其实,归根结底,"无根"也不是完全的无根,总归是有出处的人,就免不了在作品中露出蛛丝马迹。现居中山的苗族作家杨彦华,她个人认为自己是没有乡愁的写作,其创作的小说《女神之死》中的巴人"当初从中原和江汉平原逃离",最后在楚国战败回到夷水,还有其间出现的江陵等背景,让读者很容易联想到她的湖北故土,遑论小说中的生活方式与习俗,就是字里行间那种突如其来的幽默感其实都不能不说有其出生地的气息。

　　这是移居珠三角地区原籍湖北的少数民族青年作家的创作表现。逆向而观,我们可以看看一位生于南方居于北京的老一辈著名回族诗人——我的老师马德俊,在有关民族诗人的研讨时常被归纳为南方少数民族作家,实则他从求学之后的大半生都在北京度过。与他相处中,你就能感觉到两种生活方式在其体内的碰撞。除了一些必须谨守的回族章法,除了年少时根深蒂固的回忆,我们已经很难判断他人生中的他乡与故乡了,但有关"他乡与故乡"的痛楚却清晰而直白。他的《小镇》中有一段动人的描述:

小镇

曾耀眼在史志上

时间的尺

足足丈量了一千年

它总爱眨眨小眼睛

为此陶醉

……

他说："我似乎看见我古老的小镇，已默默地合上它光荣的史册，把头垂到两膝之间，去做古老而凄凉的梦，也许不再醒来。"①真希望人们心中那座"古老的小镇"、那份寂寥的情感，能被悠扬的牧歌激活、唤醒，不要永远低垂着沉重的头颅才好。

这其实就是远在他乡的民族作家心中弥足珍贵的家园梦，他乡与故乡的双重人格在他这里的表现，是随波漂流的无奈和无法认同的回归：

我久居北方

心里充满飘零

踏上我的故土

却又那么陌生

……

你是生养我的土地吗？

为什么这般陌生？

---

① 马德俊：《家园梦》，《我从耕耘的岁月走来》，北京：中国戏剧出版社 2004 年版，第 33 页。

莫非脑里的故土

只能在梦里去寻？

家乡啊，难道还要你年老的儿子

仍然颤动那颗飘零的心?!

———《回归（之二）》①

在此，读者甚至可曾感知那无助的呐喊？有什么比不被母体认知更悲怆的事？也还有什么比归来后看见面目全非的景象更凄楚的？如果说这种怀乡之情是惺惺作态，我想但凡智力正常的人都无法认同。诗歌清晰呈现出的是他乡与故乡之间那种不可调和的排斥与冲突，我们看到的是命运的冲突感，是悲剧那庄严与愤怒的面目。在这样的面目背后，他以及许许多多远游的少数民族作家们当然也包括非少数民族作家们，都会共同唱响一个旋律：

坐车的

行船的

步行的

所有跋涉在异乡的旅人呵

当夕阳西下

群山如黛

你们在旅途

是否也唱起思乡曲？

---

① 马德俊：《回归》，《神秘的玫瑰园》，北京：中国文联出版公司 1998 年版，第 5 页。

是否让归鸦

将一片乡思送回你们的窝

　　　　　　——《乡思曲》①

　　无论是身在他乡的少数民族作者，还是长居少数民族地区的作家，他们都有一个身份认同的问题，他们的作品里也都有着一种共同的审美优势——淳朴的大山里的乡村法则，且往往可能是待在民族地区的作家没注意到的问题，身在其外的作家注意到了。如谭功才的《鲍坪》中的种种地理风物、人物风俗，将湖北土家族的鲍坪和广东孙中山的故乡很奇妙地结合在了一起，产生了奇妙的化学反应：

　　对于灯盏窝，从来我都只有怀念，而非真正喜欢。……从来不曾想过有一天会挣脱灯盏窝的束缚，就如人生有时根本无法算计一样，后来在我准备并不充足的情况下，不仅挣脱了灯盏窝的捆绑，更挣脱了鄂西大山的羁绊，最终使灯盏窝变成我后半生永远的怀念。

　　　　　　——《灯盏窝》②

　　于此，我们看到的是真实可信的作者情感：由于生活的紧迫，对故乡说不上有多爱，使离开成为一种理想；当理想实现之后，原来的生活终于成为"后半生永远的怀念"。这份怀念谈不上高尚，可当现实展现赤裸裸的挣脱与挣扎时，文字的情感逻辑趋于合理，生活中功利的再现使

---

　　① 马德俊：《乡思曲》，《神秘的玫瑰园》，北京：中国文联出版公司1998年版，第1页。
　　② 谭功才：《灯盏窝》，《鲍坪》，桂林：漓江出版社2013年版，第6页。

得作品的功利消解。生活的扭力在文字中呈现出一种哲学思辨的美学效果。在这一层面上，对于故乡与他乡的判断变得复杂而难分轻重，不得不说这也是一种调和，由于你中有我、我中有你，才会这样牵扯不清、难分彼此。这种情感的矛盾、纠结与调和，不仅仅在"灯盏窝"，在他的大垭门里、水井坡上、景阳关口都是处处可见。

这一头——他乡。"广东作为改革开放的前沿、排头兵，经过了30多年的发展，文化建树已日渐形成特色，那些从外省过来的人成了新中山人，也成了广东文化的创造者。广东以开放、包容的姿态容纳了多种语言、多种文化。"中国少数民族作家学会常务副会长、原《民族文学》主编叶梅认为："在不同民族性、地域性、特色性组合下的广东文化呈现'各美其美，美人之美，美美与共，天下大同'的文化格局。"他乡与故乡成为"圆融"的一体，在这个问题上圆融是比包容更准更新、更高的境界，剔除了本地文化在消融过程中那种居高临下的意味。"广东中山也呈现出文学的多元化，土家文化在这里也被包容和吸纳其中，土家人、苗人用青春和汗水在遥远的南国以自己的视角建立了自己的世界。中山是30年改革开放的缩影，身在其中的人也必须承认写作是具有时代意义的。习近平在文艺座谈会上的讲话也一再强调文艺作品要注重人民性、民族性、时代性。时代为文艺作品打上深深的烙印，我们在其中看到开放包容以及和而不同的特点。"[1]

那一头——故乡。土家人是纯朴的，"恩施在清雍正'改土归流'以后引进了很多其他文化，从前的土司也都是到汉民族文化发达的地方求学，他们好学上进，爱国忠诚。土家人对于生命的态度也是欢乐、载歌载舞的"，其欢快自足来自于对恩施大山的痛爱交织的情感，来自一生

---

① 《呈现土家族的丰富人情》，《中山日报》，2014年12月7日。

076 文化冲突与文学之辨：岭南香山的文学本土化视角

相伴的坎坷、泪水、忏悔和追寻，痛与爱的探索始于"从哪里来"，目的是"往何处去"。"谭功才的《鲍坪》全景式地展示了故乡的风土人情，每个小标题都可以让读者清晰完整地了解土家生活，是土家山寨的缩影。在写法上叙事清晰，在叙述中有对文化、人生的观照，有一种淡中出奇的审美意蕴。其中，《关口》一文讲到了一个少年的成长，将关口作为人生的节点走向更久远的路程，关口抵达内心深处，直抵人性温暖部分。从整体上来看，谭功才并没有让乡愁乡思泛滥，而是很理性节制，完全摆脱了少数民族作家写本族文化的夸饰性赞美溢词，其文风随意、平和、朴实、达观，没有沉溺于民族特色的展示，而是展现了一个现代国度里的民族特点，以及人类共通的对地域国家发展问题的思考。"①这部写给土家族作者自己心灵的书，有着苦难与青春的温度，而温度又与永远抹不去的痛感相连。反倒是一直待在民族地区的作家没注意到的问题，身在其外的作家注意到了。

中山市社科联主席胡波认为，《鲍坪》的成功因素在于将南方经典的巴蜀文化、湖湘文化、荆土文化结合于一体，又将巫楚文化和岭南文化结合起来，使读者阅之而生距离之美。书中的三个视角分别是：岭南文化与巫楚文化比较下的文化自觉，农村与城市的对比视角，游子的视角。这种跨文化、跨领域、跨时空的写作，以图透彻准确地表达了历史，让作品更生动和丰满的同时，也是值得民族写作研究的东西。②

如前所述，南方特殊的写作语境使传统资源与外来文化有着最大程度的整合，不同文化接触和文化冲突的频繁发生，使写作者无可避免地对自身文化的生存与发展产生焦虑。无论有无火花，形形色色的交往都

---

① 《呈现土家族的丰富人情》，《中山日报》，2014 年 12 月 7 日。
② 《呈现土家族的丰富人情》，《中山日报》，2014 年 12 月 7 日。

昭示着异质文化的双方或多方可以通过寻找相互之间的文化契合点来达成更多合作与对话的空间和可能性。他乡与故乡本来就是一个交织着道道伤痕与生命馈赠的命题，我们的人生和文学在这种交织中变得圆融与饱满。

珠三角民族文化生态的演变与走向

在地域与时代交叉而成的文学坐标之上，开放包容、和而不同成为民族文学在改革开放的南方前沿最为突出的特点。仅以作者熟悉的珠三角中山一地为例，一座近900年前以"香山"命名的名人城市，改革开放之初被称为经济发展的"四小虎"的侨乡，与内地文化、中原民族本无太多交接的港澳邻居，改革的移民浪潮改变了当地的文化生态圈，进而在民族融合中形成文化共同体。难以想见，就在此地，文学创作方面的少数民族作者业已聚合成一个初具规模的团队，包括谭功才（土家族）、杨彦华（苗族）、杨昌祥（苗族）、刘春潮（白族）、黄祖悦（土家族）、田夫（苗族）、李绪恒（土家族）、黄建（土家族）、乔明杰（土家族）、刘作术（土家族）、邱运来（土家族）在内的一个阵容庞大、创作活跃的民族作家群，各具特色的同时又具有共同的一些写作特征，也代表了珠三角地区少数民族文学创作的一些总体特征。

其一，异质文化的碰撞使这一地域的民族元素呈现出一种杂交优势与生命力，具有先天的审美优势。聚居本地的各民族及其传统文化，以诚信义气、务实求利、生而平等的性格，将对日显保守的农业文明及传统文化精神内涵的反观，融入南方文学的创作中。中山整个少数民族的创作群体，尝试着从不同的角度，以不同的途径，多方位地去丰满中山与他们的故土，切合了他乡与故乡面对高速经济发展下的不安和矛盾，以及经历纠结后的和美与发展。

　　中山白族诗人刘春潮，也是画家，从澜沧江畔到岐江河边，天差地别的时空好比换了人间，两种文化的火花拓展了其艺术想象空间与灵感。空间想象力加上独特的视角，使他的诗歌在异于常人的表达中有着城市文明下的孤独：

> 这就是一张空椅子
>
> 没有人坐的时候
>
> 它被四面墙包围着
>
> 像一座孤零零的岛屿
>
> 　　——（《空椅子》）①

　　同时，他的家庭组诗中又流露出对父母妻女的情感牵挂：

> 面对一盆灰烬
>
> 父亲和我的夜话
>
> 像空中渐渐暗淡的烟花
>
> 他安详地躺在摇椅上
>
> 手中的酒瓶滑落一旁
>
> 嘴角露出难得一见的微笑
>
> 我把外衣轻轻盖在他身上
>
> 希望父亲就这样睡去

---

① 刘春潮：《空椅子》，福州：海风出版社 2006 年版。

永远都不要醒来

——《除夕夜话》①

　　愤世嫉俗的诗歌表象之下是他乡与故乡的爱恨情仇。过去与现在，城市与乡村，现代与传统，如此神奇地统一在一个叫刘春潮的诗人以及他的诗歌中，所以他自诩为"一个用诗歌理疗的人"，诗歌之于他正是一剂救治心灵、调和异质的药……诗歌的美感被现实中双重人格的生活背景锻造得陆离迷幻。

　　现居中山的60后苗族作家杨昌祥，也有着与谭功才在《鲍坪》中表达的对湖北清江老家的不舍一样的情愫，这是传统节庆的温热在一个少年心底永远的沉淀：

　　　要过年了，我一再嘱咐自己：早点回乡。

　　　乡下还有儿时的伙伴和少年的同学。童年是快乐的，一到过年，伙伴们不是在一起打雪仗，就是在树上荡秋千。打雪仗打得鼻青脸肿时哇哇大哭，破口大骂；荡秋千争得面红耳赤时大打出手，拳脚相向。过了一时半刻，双方又破涕为笑，或两人同时拥抱在秋千上荡得老高。少年是幸福的，放寒假了，临近的同学都聚集到我家的吊脚楼里，听我给他们讲课，起初的内容无非是课本上的字词句和加减乘除，后来就讲到了土家族的神话故事和苗族的生活故事。那时，我真过足了当"老师"的瘾。春节期间，我们自发组织了背诵唐诗比赛和唱歌比赛，优胜者就会得到一块两块我母亲熬制的苞谷糖，当然没有获奖

———————————

　　① 刘春潮：《空椅子》，福州：海风出版社2006年版。

的人仍然可以吃到苞谷糖，不过块头就要小得多，以便激发大家的竞争意识。最过瘾的当是闹元宵了，我们地方有元宵"烧毛狗棚"的习俗，其意有两种说法，一是玉皇大帝降罪人间，欲烧毁人间所有房屋以泄私愤，人间得到消息，便用竹竿竹枝和干枯的苞谷梗子搭起一个个茅棚在元宵时节点燃，糊弄玉帝老儿，挽救生灵；一是当地狐狸猖獗，时常偷食百姓鸡鸭，老百姓便用篝火来吓唬和驱赶动物，以求安宁。无论是什么传说，都没有那漫山遍野的篝火激动人心，所以，一到元宵节，伙伴们就聚集在一起搭"毛狗棚"，只待夜幕降临就点燃大火，释放我们的激情。那时，清江两岸，火光冲天，竹节的爆炸声此起彼伏，人间已然变成了一个灿烂的世界。

——《家，永远在乡下》①

相映成趣的是，在随笔《马，永不停蹄》中，杨昌祥又仿如大时代背景下的一粒微尘，描写的不再是儿时故土那般的笃定悠长，取而代之的是飘移过程中人之常情的心理变化、两种生活境遇的交接、隐约的不安与期待：

俗话说：是骡子是马拉出来遛遛。我原本就是一匹马，在大山里磕磕碰碰斗折蛇行了将近四十载，最后也未能突破长江。现在，我终于在肥沃的珠三角洲腹地扎下了根基，女儿女婿亦在此创业，可他们又将我的视线引向更为遥远的威海。清

---

① 杨昌祥：《家，永远在乡下》，《民族文学》2006年第2期，第91~92页。

江是我心中最后的家园，中山是我脚下的泥土，而威海则是我将来的念想。今后，我将奔走在更为广阔的大地上。①

这些文字光影中的他乡与故乡，记录了城市与乡村的沧桑变化，塑造了多面形象，使得中山更为立体，也使得故土更为人性。当然，各式各样的文字有着自己不同的延伸方向，可能是有关中山的真实答案与秘密，也可能是曾经的民族地域之上文人墨客的想象与浮世的交相写照。可无论我们翻开哪一个活生生的文本，都是有特殊经历的双城记。

其二，民族地域寻根写作成为寻根文学的一种延伸。《人民文学》主编邱华栋在评价土家族生活散文《鲍坪》时认为，该书"可称得上一部独特的地域词典，也可以说是寻根文学的延续。印象中，可称得上地域词典写作的寻根小说代表有韩少功、迟子建，他们发现了地域，构造了自己的文学世界"。"寻根文学最早是从刘心武开始的，从那里开始了地域文学的书写。到了现在，一直都有发展。到了现在甚至出现了没有文学之根的人、没有乡愁的人。"地域词典式的写作可说是寻根文学的一种延伸。"寻根文学每十年有个变化，发展至今，信息量已包括了民族的、个体的生命体验，而且乡村发生的巨大变化已经要用各种学说来解读了。"我们可以持续不断地写出《中国人在梁庄》《中国人在鲍坪》或《中国人在哪儿》这样的书，"它反映的是持续的群体的文化记忆"，有如《马桥词典》《哈扎尔辞典》一样，是多元文化碰撞下的产物，但写作的差异性可以很大。②

哪种民族文化不曾拥有显赫一时的过去、落魄演变的历练、茫然无

---

① 杨昌祥：《马，永不停蹄》，《恩施晚报》，2015年2月5日。
② 《呈现土家族的丰富人情》，《中山日报》，2014年12月7日。

助的将来？正因如此，他们才更加强烈地顾恤过去，缅怀由农业社会逐步变为工业社会后已然沦丧的传统文化。如果他们不肯活在新的生活里，生命将会是"将现在转化为过去的救赎和补偿"，"重复、反照、封闭而不是开展、继续"，那么注定只能在回忆中徘徊、扑空、失重、永不超生。在现实的残酷与记忆的芬芳之间，只有死亡才能中止记忆。这不禁让人想到白先勇的"最后的贵族"系列，其最悲悯之处在于没有了一丁点儿乡愁的牵绊，那种自在仿佛超脱于残酷与芬芳之外。寻根的书写往往将情感诗化，用诗歌一般的情韵和意境来象征人物的悲剧情怀，使悲剧主题上升到人生哲理和历史意义的高度。从这个意义上讲，一个民族就是一个历史的符号，是所有"他乡客"所特有的"文化乡愁"的佐证。民族文化的升降浮沉表现了那种地域文化甚至整个社会形态的沧桑变幻，寄寓着作者对过去、对自己最美好时光的哀悼和对"已经逝去的美"的怀念，激荡出礼魂思旧的情韵。但大多作者都不能在现实关系中正确地解释历史性的悲剧冲突，所以只能含泪将此交予超出冲突者自身的命运去摆布，而只以悲天悯人的文学情怀唱尽那"一种繁华、一种兴盛的段落，一种身份的消失，一种文化的无法挽回，一种宇宙的万古愁"①。

当一大批没有乡愁的作者形成了寻根文学的断层之后，又用他们新的态度、新的角度与手法继续寻根，在说明其魅力的同时也说明这种传统型写作有随时被消解的危机，这也正是各地域民族文学所要面临的问题。与其说寻根文学每十年一个变化，不如说每十年一次反思来得更为准确，个人以为，文学的法则应该是亘古而永恒的，那些基本的东西依然不可撼动地坚守在那儿，因此珠三角民族文学对地域寻根写作的执着

---

① 阮波：《乡愁的残酷与芬芳》，《阮波自选集（评论卷）》，广州：广东人民出版社2011年版，第107页。

与延续，只能说明地域寻根写作自有其存在的道理，同样也说明了人们对渐行渐远的文化记忆的不舍与挽留。

其三，在这场文化冲突中，我们不能不面对由落差而凸显的种种局限性：我们南方民族的地域性寻根写作，到底应该是一部私人意义的地方志，抑或应该是婀娜多姿的生态图？什么才是摆脱了民族写作夸饰性的赞美，凸显地域与民族之复杂性的夯实而地道的民族作品？怎样写出被现代文明催逼之下的南方少数族群的生存状态，当他们眼睁睁地看着自己那被毁掉的乡土、被湮没的传统却无能为力之时？

正如中山大学文学博士李德南的观点，南方民族文学的写作者们应当在书中使用独属于他们自己的语调以及他们关于民族生活的私人经验来讲述民族地区的人情风俗、风物地理。因为对于《鲍坪》这种散文来说，至关重要的私人经验是不可或缺的，有私人经验在内的文字才会有独特性。然而，写作中更值得注意的是，这种经验要能够被其他读者所理解与认同，就要在书写中自觉地以自己的民族身份、游子身份、某一代人的身份来重构、再现具有公共性质的经验。① 当下的中国还在发生着巨大的变化，在这个多变的时代，人类共有的话题诸如陌生与标识、他乡与故乡、现代与寻根的关系凸显了出来。

针对以上问题，南方珠三角民族文学写作的走向与方法也就逐渐清晰了：应该使我们的民族文学在历史的蜕变中成为相互了解的最佳途径；应该从更感观的层面去写细节和情绪，在一个小的场域写出大的气场背景；应该在市场经济大潮中表现出尊重自我内心的写作姿态，应该令我们的民族文学做到真正的自省；除了写出地域民族的复杂性和细致鲜活的人性外，还应写出对于民族问题的干预、穿透和对民族文化的深层审

---

① 《呈现土家族的丰富人情》，《中山日报》，2014年12月7日。

视。如何有分量地替沉默的大多数少数民族发声，这同样是我们今天的南方珠三角民族文学不可回避的核心问题。

当代篇

异质文化冲突下的个体焦虑

边走边唱的堂吉诃德

一

在诗集《被比喻的花朵》中，余丛以 1989 年为起点，以 2010 年为终点，这是否可以理解为他替自我诗歌创作的生涯与内心深处的记忆打了个圆满的结？显而易见的是，他的诗歌生命中的确出现了几个关键的时间点，并且被他 20 余年光阴中的信与爱、理想与现实、孤独与悲哀、体验与对抗、天真与美好——对应地串联了起来。

1993 年，作为余丛诗歌创作时间节奏上的第一个转折点，他写下了早期的代表作《三个女孩的游戏》和《风暴》。在他看来，这一时期的诗歌还远远没有进入真正的写作自觉，还处于激情与蒙昧的练习期。不过由于他对语言和形式感的探索，在 20 世纪 90 年代初的中国诗歌创作领域，他对于诗歌外在变化下的这场实验，亦具有一定的识别性。从某种意义上说，他走在了诗歌创作既前卫亦边缘的位置上。倘若将其创作至今的诗歌进行梳理的话，这无疑是他第一阶段的开始，可以把它称为青春期写作：更多的直觉和感性的发现，更多对诗歌外在的语言形式感的关注。《风暴》其实就是青春期余丛内心的象征：

……

风暴沿着自己的方向，自由，傲慢

风暴直闯入阵地，没有核心

风暴是匹疯狂的野兽，风暴

越过陷阱，到处散发着死亡的传单

……

风暴任意设计着它复杂的构想

风暴挟持着灾难和幻觉

风暴不穿过任意的东西，风暴

把上面的一切搂在怀里，又安放到地面

风暴一直向前奔跑，不知将会多远

风暴没有形状，没有光芒

风暴一瞬间，在我们印象里消失

  1996年，诗人余丛跟着一个诗人的感觉、跟着执迷于少年时代的诗歌梦想走到了中山。原先在家乡的一家医院工作过的记忆似乎距离他越来越远了，那个部分似乎行将就木般地变得毫无意义，但其实总有些什么东西留在了诗歌里。

  1999年前后，他就像"搭上了一班70后的顺风车，跌跌撞撞闯入了诗坛"①。而《三个女孩的游戏》《风暴》《春天和春雨》形成的写作状态仍在继续，如果说那是他创作的转折点，那种非主流的标签依然在诗歌中延续。这种写作的游戏与实验让他"很好地完成了对语言和节奏

---

① 余丛：《被比喻的花朵·后记》，广州：暨南大学出版社2010年版，第228页。

的训练"①之余，使他开始沉浸在对具象的反复提取、凸显、焦点透视上，为具象而具象，形式感的意义大于一切，静物写生一般地做着生活中爱恨美丑的练习：

我看见三个女孩在玩游戏

两个女孩看，一个女孩在玩游戏

一个女孩看不见更多的女孩

另外两个女孩。一个女孩

加另两个女孩，三个女孩在海滩

玩游戏，阳光正好铺在夏季

三个女孩穿着三朵鲜艳的红裙子

两朵红裙子，看一朵红裙子

怎样在风中空气中悬浮起来

……

当意识到"我的语言是心灵的克星"，这场文字的游戏变得有那么点严峻的意味之时，他看到了"我是我自己的克星"。就像武林高手常常遭遇的宿命，而余丛一路向前固执奔走的同时，逃出了体制、逃出了单位，甚至逃出了圈子，却始终逃不出生活。只要活着，你就必须与生活妥协，就要束手就擒地经受新的打磨，真正的诗歌也许就是这样炼成的。

将生活置于距离之下，将自己的写作与生活边缘化，对主流的东西有着天生的警惕性——如果说这些无非都是在满足一个初生牛犊不怕虎

① 朵渔：《一个人的迷途》，《原乡的诗神》，北京：北京邮电大学出版社 2014 年版，第 156 页。

的创作者最早的摸索心态的话，那么他后来对自我内心与情绪的关注，那种为人生的写作，使其作品的内涵有了更多的沉淀，在审美上有了丰富的变化与色彩。

二

如果说，他的第一阶段写作有着一个激动人心的时代背景，对余丛那本就滔滔如洪水般的荷尔蒙与天赋起到了推波助澜的效果的话；如果说，他曾在那个时代以少年天才或先行者的面目混迹于他自己所构想的并不真实的生活与创作之中的话——那么，这种前期具象的重复述说与阐述，随着岁月递增、生活的飘摇、心态的波动而使其创作进入35岁前后的第二阶段。这一时期，他从对具象的关注、述说演变成后期的情绪与内心化甚至是反具象。"它分辨不出善意的目光／它已经习惯了呵斥声／它不再是温顺的宠物／它向靠近的人亮出锋利的爪子"（《流浪猫》）。生活的奔波、父亲的病逝让他体会到了无常。原先想通过自我的孤立表达个人的愤怒、挑战甚至存在感，渐渐地又发现这种退让也好、逃逸也好、挑战也好就是一个生活的无底洞，底线完全无法定位，一切挣扎不过徒劳，无非作茧自缚、越陷越深。而这种困惑与恐惧却"柳暗花明又一村"地体现在创作的多种可能性与富于变化的美感之中。他还在很固执地向前走着，但这一时期的创作，以《这一年，35岁》开始了挖掘内心之路的新旅程。

> 这一年，我读书不写作，烧香不拜佛
>
> 这一年，我出游不远行，修心不养性
>
> 这一年，我想家不归故里，愤世不嫉俗

这一年，流年似水，风光不再

这一年，人情纸薄，老于世故

这一年，花开花又落，风调雨不顺

这一年，我疏远旧识，懒于结识新知

这一年，我悲喜有交加，寻花不问柳

这一年，我高不成低不就，冷暖由命

这一年，虽不同往年，却有别来年

这一年，我素食，喜小酌，清规戒律

这一年，我过日子，勿归隐，虚度光阴

——《这一年，35 岁》

　　"关于中年之前的力，在诗歌的形式上；中年之后的力，在为内心找突破口。"① 对自己的创作，余丛其实了然于心。从 1996 年到 2010 年，应该说是他的第二个诗歌发育期，或许是有关生计的体验适时地调整了他在生活中飞行的时间差，使其从飞行模式过渡到地面现场。正是这种及物性使其避开了第一期写作中的恋物癖，从对具象的痴迷与执着演变成对生理和心理的深层次探讨。确切地说，他更关心自己了。在技巧的渐趋圆熟之下，情绪的怒放也就变得越来越自然而然，也许尚处于无意识的状态，但他已经放开手脚开始了对写作惯性的反拨，意识与实践达成共识。与此同时，其诗歌感觉变得更为茫然，其间裹挟着狼藉后的反思、沉淀，以及对自我的厌倦、为生存而战的无奈悲凉……凡此种种，将

---

① 余丛：《消极诗篇》，《青春》2014 年第 10 期。

他分割得支离破碎，人生业已被绑架到不知何处，诗歌情何以堪？

"内心的绝望，足以让一个人没有耐心。不想表达，还不如在时间里磨蹭。明知是荒废的，眼看着杂草丛生，直至淹没掉过往的梦想。"① 不上麻药给自己手术的人，是要让清晰的痛感覆盖一切。

一直觉得余丛的诗性随笔集《疑心录》其实就是他诗歌的变体，是他延续诗歌生命的又一佐证。"《疑心录》提供了一种反对的文本、质疑的文本，为我们提供了对一些基本词汇、当下生活的根本性的怀疑，使生命的意识回到最基本的状态，使人的意识开始对体制化的生存展开反省。"② 读《疑心录》，更像赴一场词语的盛宴，诗人的内心独白如同晶莹的碎片，展现词语秘密的同时散发着冷静的光芒。

> 人呀我没有看见，他的兽行在社会上被圈养。现在，一切罪都不被法制裁，法也是有罪的。我不慈悲，我不愤怒，时间已经卸掉我的锋芒菱角。去教堂，教堂坐满祷告的人；去寺庙，寺庙坐满念经的人。……我去往哪里，哪里都有它的道理，只是被信奉和仰望的人不在。出世的人不在，入世的人也不在，麻木的人不知生死。他们劳作，他们享乐，他们的肉满足不了自身的欲。……这上天的路和下地的路不是一条，固执的人偏要抄近路，而远路，远路才通达虚无的未来。
>
> ——《启蒙》

> 有人要为发生命名，要为赖皮的现实唱赞歌。无聊的白痴

---

① 余丛：《消极诗篇》，《青春》2014 年第 10 期。
② 荣光启：《把沙子排除，以便找出岩石》，《诗歌现场》2008 年第 5 期。

准备充足的空闲，要再次问津这个词，问津含糊的过去、无序的现在和混沌的未来。……不要用那经验的绳索，去勒紧那时间的脖子。不要用那存在的弓箭，去射击那崇高的靶子，而要免于发生的巧合。……不要用那人心的尺度，去量那来世的路途。不要用那黑白是非的口舌，去祷告那不可知的报应，而要免于布道者的偏见、情面和立场。……这是春天的倒霉蛋的哲学，怀才不遇的鸡蛋，对着石头尽情发牢骚。啊，发生，发生，比喻不安分的小兽，行将逾过思想的屏障。

——《发生》

三

在余丛看来，真正的写作应该有两个向度，一个是天真的写作，一个是感伤的写作。他的诗歌命运使之不幸地沦为后者，天生的孤独感使他更关注自我的内心。这种为人生的写作自然是来自生命的最直接体验、个体与社会之间的复杂关系、对美好生命的向往，当然，其中也充分地表现出他固守的冲突感、思考与怀疑。可是面对强大的生活，他是否会不得不调整底线，谨守一个原则而丧失了另一个原则，以为自己跳出了一个坑却进入了一个更大的黑洞？这种不知道被生活捆绑到什么地方去的困惑与无助，最后演变成人到中年还要被生活折腾的深深悲哀，也反映在他《被比喻的花朵》等作品里。

> 她把自己比喻成花朵
>
> 有一天蜜蜂飞过她的脸
>
> 她先红红地羞涩了一次
>
> 而后绽开笑容

两只蜜蜂飞过她的脸

她犹豫一下而后露出笑容

三只、四只、五只

更多的蜜蜂飞过她的脸

她保持了永恒的笑容

但看上去有点枯萎

———《被比喻的花朵》

这点爱，在时间的天平上

一点一点失去重量

短暂，却是美好的

疼痛，却是刻骨铭心的

这点爱，不再是全部

不再是你我唯一的依靠

———《这点爱》

　　"本来在世人眼中，'这点爱'是不值得珍藏的，因为它的短暂、莽撞、逢场作戏，本应该始乱之而终弃之的。但余丛却'藏着，掖着'，期待它的窑变。""这个世界，是爱得太多，还是太少？普遍的不持久感，普遍的碎片化和见异思迁。是选择永恒还是选择逢场作戏，仿佛已不是道德问题，而只是个荷尔蒙问题。爱被动摇了。但爱似水之不可缺乏，相濡以沫——这点如沫之爱，又够干什么的？"①

　　诗人的善良的确由此可见。诗是沉思（奥克塔维奥·帕斯语），是充

---

① 朵渔：《这点爱，够干什么的》，《南方都市报》，2011 年 4 月 21 日。

满爱与尊严的信仰。"这点爱"犹不可解，人生的大问题也许只能慢慢来参。这其实是一代人的问题，我们只能期待走的人多了，也便有了路。诗人在这个时代试图平衡自己，做一个中庸之人、世故之人。诗人也在寻找一种力量，用以和这个冲突或分裂的世界抗衡。诗人知道爱原来是"你我唯　的依靠"，但在刀光剑影之下，在政治和商业消费市场的压挤之下，过往泪水缠绵的爱已迷失了。诗人黄礼孩说："诗歌是一面镜子，它映照的不仅仅是诗人的内心，还有这个现实的世界。余丛的诗歌暗合了这个时代斑驳的暗影……在这个物化的时代，以往的价值审美在丧失，它让诗人产生了怀疑，游离于不信任的迷宫里。"① 他便"用戏拟的手法写出伪装的生活。但他并没有怒吼着撕破生活的伪装，而是斯斯文文地将这种伪装用语词定格了下来。通对此类现实的'描红练习'，漫不经心地传达出一个万千大众着迷于其中的表象世界与诗人的思考——如何去伪存真？在合作与不合作之间躬身自省的可能性在哪"？②

明智的读者可以看到，诗歌中呈现的错觉，往往还反省着生活中另一种更为深入的现实——迎合与媚俗。这些东西"在政治领域、在经济领域、在娱乐世界、在社会的各个层面，屡见不鲜，像不能引起任何感觉的腐蚀物寄生在我们身上"。在诗人所生活的中山乃至语境中，这种"被时代"的个人精神的微妙变化，与社会现实的吊诡，也在诗歌中同轨展开。诗人余丛敏锐而执意地捕捉到了人性中佯装的美好与无处不在的凶险，并洞察与揭示出这背后隐藏的秘密——她保持了永恒的笑容／但看上去有点枯萎。"枯萎或许是我们看上去繁花似锦的社会的另一个关

---

① 黄礼孩：《黄礼孩点评〈这一年，35 岁〉〈春天的诗〉》，《佛山日报》，2008年 10 月 11 日。
② 谢湘南：《从被比喻的诗行中出走》，《中山商报》2011 年 4 月 19 日。

键。"他的《被比喻的花朵》——"如果说，标题中的'被'是我们当下社会语境的一个象征，是'被时代'的缩写，那么诗歌中的主动姿态，则显现出个体面对社会环境而乐于浸淫其中的态度……如果它还不足以引起社会中的我们警醒，那么我们被生活着的尴尬，还将往纵深发展"。

> 他想写田野，就去了公园
> 他想写村庄，却去了贫民区，
> 他想写和风细雨的祖国
>
> 但春天握紧了愤怒的小拳头
> 一个世俗的人，他恋上了盆景
> 他喜欢矫揉造作的喷水池
>
> ——余丛《春天的诗》

他诗歌中暗讽的力量在加强，他不仅嘲讽自己，也嘲讽时代："他想写村庄，却去了贫民区。"诗人没有自我放逐，诗人在进行自我的救赎："一个世俗的春天，不需要表达"，"春天要去握紧愤怒小拳头"，给时代堕落的部位以打击。"余丛的诗歌具有反思的意义和充满自我剖析，自我救赎，自我完善的力量。"①《三个女孩的游戏》《风暴》《春天的诗》《现实一种》《广场》《爱与恨》等诗都算得上是余丛的经典。"风暴沿着自己的方向 / 自由，傲慢 / 风暴直闯入阵地 / 没有核心 / 风暴是匹疯狂的野兽 / 风暴 / 越过陷阱 / 到处散发着死亡的传单。"冷静的叙述笔触，将暴躁、奔放、酣畅淋漓的"风暴"立体地呈现于读者面前。在

---

① 黄礼孩：《自我救赎，自我完善》，《中西诗歌》2014 年第 1 期。

《春天和春雨》中，则呈现出完全不同的另一番景象。"春雨像一把花伞／隐藏内心久喻的爱情／春天邂逅春雨／气候的长发／梦想的窗帘／春天端着十根渴望的指头／等呀／春雨的抵达／一下子打开全部的花园。"《现实一种》则以平整的句式和修辞的灵活运用，将一个立体的世界、复杂的人生、夸张的生活艺术化地升华。"到黑夜的火里去作恶／到哭泣的泪水中收集盐／／到真理的阴影里去唱赞歌／到死亡的绝境里求生存／／到风暴的中心去享乐／到爱的伤疤上寻觅痛感／／到大海的浪花上采蜜／到傻子的快乐里打捞生活。"宋晓贤在《用余丛的诗烧一壶开水》一诗中对余丛诗歌的独特气质如此表述："他们被劈得整齐，干净／保留着树的粗糙纹理。"

从参与组建"三只眼诗歌部落"到编选《黄金在天上舞蹈：中山先锋诗十四家》，从与朋友共同编辑诗歌民刊《诗文本》到《诗歌现场》，从他的诗集《诗歌练习册》到随笔集《疑心录》，"有想法"的余丛依然保存着他构筑诗歌乌托邦秩序的梦想。

四

他关于自我写作的论文《二十个词语构式》代表了他早期诗歌创作的大致方向——

关于语言　我是自己本身，语言是诗歌的本身。诗歌的灵魂一样不可捉摸，但通过语言我感受到那个飘忽的世界，使神秘变得真切。

梦行为　诗歌的梦行为把理性思维画上图案，模拟了想象可能进入的场景。梦行为不过是完成了理性到非理性的转移过程，而我的诗歌一直停留在这个转移过程里，进入非理性的理解已经没有意义……如果说诗歌是个人精神的秘密通道，那么梦行为就如同这黑暗通道里的灯盏。

发生主义　我对发生主义的嗜好，出于对经验写作的否定。诗歌不是研究性写作，它是思想的现在进行时，它的表达远离思想。发生主义选择多角度、多重性的写作，而对"发生"不可捉摸地追逐，产生身体官能的非经验享受。

感官的直接享受　直接享受的词是由此而产生的。我认为，它是一种快感的自然流露……我利用词语、图案、节奏等转移到自己的感官上来。使每次的阅读像不是眼睛，而是身体的另外的某个器官。

场景、记忆和印象　无论场景（现在的真实）、记忆（过去的真实）和印象（现在与过去交替的真实或模糊的真实），诗人不是事件记录者，而是理想主义者……场景、记忆和印象是我们写作的敌人，应该取消。

残缺的意义　残缺源于诗歌写作的对象，诗人只是利用语言对残缺的事物进行修饰。当我把被修饰事物的即定形成的部分弃之一边时，再看我所修饰的部分（即诗歌写作）便成为残缺的另一部分。

他个人认为，每一阶段的作品都在表现着他真实的人生——当初的他，心怀着成为一个异端思想者的梦想，想成为一个像萨特一样的作家；今天的他，总在感叹自己对写作的不够认真和无法安于书桌，甚至想象自己年迈之时是个有如孔子般的长者。在我看来，自嘲眼高手低阶段的余丛在 2014 年写出了《消极诗篇》，有了让人喜欢的调调。他目前的诗歌基调与前期的创作相比确有沉淀，但尚未抵达他理想中的状态。他应该是一个在诗歌中表现乖张的堂吉诃德，自在自得，但其实这些都可以适合他：给那么一点点柔软，给多点点反讽、自嘲与好玩，甚至是充满了宇宙感的写作尝试，这都是我希望看到的余丛。反叛最终不应该成为写作的障碍，而应该是获得自由空间与创作最大化的契机，期望有一天余丛和他的诗歌在返归具象之后的升华，以诗人之名、智者之名破茧而出。

屈指算算，余丛与诗歌的缘分持续了近 30 年，我看见他还在学习，也还在思索与偏执，并且像警惕主流一样警惕着自己的骄傲与变异，所以诗歌这位"soul mate（灵魂伴侣）"他只好认了。而他的警惕与自律几近到了作茧自缚的地步，无论生活与写作都被困其中，纵然他知道"我是我自己的克星"，可怎样学会一路放下、进退由人、内外皆诗，立于精神的制高点，言行处事之间将取悦自己、取悦这世界信手拈来或置身事外，那又是怎样的一种诗歌境界？彼时，或喜乐或哀伤，写作早已远离尘嚣，无论主流何流见此光芒统统都会自行告退，机遇也好，虚荣也罢，都是老天爷的事，上辈子的事。

在生活与精神的场场恶战之后，无论身处欢城或废墟，只要你想，只要你写。"这样的诗，向需要的人打开，向不需要的人合上"，也许到了他的某个时间节点，诗歌就自生自灭了：

是的，我不控诉你对现实的淡漠

我会捍卫你的沉默

这一切的变故，归结自身的境遇吗

扪心自问："理解"并不意味着"宽恕一切"

——余丛《与心中的"诗人"谈谈心》

个人化生存想象力的生成
——马拉《未完成的肖像》启示录

关于两种文体的交错

　　他曾以木知力的名义写诗，以马拉的身份写小说，以李智勇的情感生活，三位合一却无法将圣父、圣子、圣灵一一对应。他有时单纯任性像个孩子，有时冷静睿智得让人害怕。他具备了一种素质：说出可能你自己还没意识到的东西。这种超凡的洞察力与直觉让人想到了张爱玲。他身上具备了一个小说家应有的几大素质——超大的阅读量，对各种文学流派适时的关注；一个训练有素的艺术爱好者，有着对生活的诚恳与对写作的严谨；并且，他执着而良善。

　　让我诧异的是，对生于1978年的马拉来说，具有白银质感的俄罗斯是一个梦想之地。他关于俄罗斯的想象与意象出现在他的诗歌《我没有去过俄罗斯》里，从小接受的教育、中国与俄罗斯在文学上的关联，本应在更为年长的作家身上留下的痕迹，在他身上也有；同时，他又从阿米亥、阿多尼斯处吸取养分。可以想见处于传统与新生代之间的马拉，其视野与审美的贯穿性，也由此可见他是个内心多么多愁善感的男子："我多么想有一天 / 在俄罗斯的土地上 / 在白桦林里 / 邂逅一个白银时代的少女"（《我没有去过俄罗斯》）。

集轻与重于一身的诗人，在世俗生活中提炼诗歌的黄金，马拉的诗却有着白银一般的质地——从容、干净或者说淡定、清澈。《返老还童的泪水》《橡树》《关于爱情或者属于挽歌》《芒果什么时候才能成熟》等，都有种不经意的美。"而泪水，即使如 / 钻石般珍贵 / 铸铁般的心 / 也没有被原谅的理由 // 我不能像某些人那样 / 活成冰冷的雕像 / 没有恨过 / 也没有爱过"（《不能像某些人那样……》）。也许是写小说的缘故，马拉的诗中夹杂着叙事成分，他会在某个节点，以令人惊讶的耐心，去分析、捕捉、思索，一如他的小说，亦如他的诗篇。"诗歌是属于内心的生活。在诗歌写作的同时，我也写小说。对我而言，'诗人'的身份，更能让我感受到灵魂的强度以及生活中细微的部分。这些年，我一直努力让自己安静下来，少一些浮躁。"①

地依然宁静，唯有
闪烁着磷光的火焰呐喊
月光覆盖着小树林

灵魂飘升，草木仍然
生长、摇摆、枯朽……
白天和黑夜多么类似

黑暗中，河流发出"潺潺"的水声

---

① 木知力：《安静的先生·跋》，重庆：重庆大学出版社 2014 年版。

它永远流动

　　它从不停息

　　在"永远流动"与"从不停息"中，他既惧怕恒定的辛劳，又足够
细致地体会着每一个具有说服力的瞬间。"这个敏感的诗人，他必定感
到了时间之手经由我们身体时那种沉痛的抚摸。这个人敏感于时间对人
的改造与磨损……显然，圆满与愈合，在他这儿，自有其更加曲折的定
义。破碎，愈合，隐忍，爆发，这些事物永无止境，它们循环往复，
'白天和黑夜多么类似'。"①他在咏叹着大自然的奇妙与永恒的同时，最
想探讨的不外乎还是人的永恒与奇妙。

　　深受特朗斯特罗姆影响的马拉，觉得诗歌是一门残酷的艺术，专业
与非专业之间的等级差异其实让人一望便知，所以诗人是个可悲的职业、
失败者的记录，你会从中看到各种失败。即便是充满想象性的小说，在
逻辑上也必须具备合理性才能让读者信服并有认同感，而诗歌更能有天
马行空的发挥。诗歌可以是非逻辑的，可以是情绪的直接表达。在他看
来，诗歌因为体裁的小巧，在精度上的要求更高，写作的时候折腾更多，
因为要在极为有限的篇幅内达到某种极致，那是相当有难度的。符号、
分行、断句、感觉、气息、节奏都要到位，来回改动的结果可能是面目
全非。他遗憾的是自己的诗歌至今没有什么新的句式和意向贡献出来。

　　在小说的写作上，他认为要写得通透，太实不好。小说又是对现实
与精神世界进行赤裸裸的展示，充满理性，一旦在结构上确认以后，不
会有大的改动。他在初稿时定下的结构一般不用太大调整，只在细部进
行一些文字处理。对他而言，小说更随意，诗歌更谨慎；诗歌是净土，

---

　　① 弋舟：《这个人老了的时候会不会住到树上去》，《作品》2011 年第 7 期。

缥缈、干净、简单、质朴，小说则关于人性、死亡、极端，小说牵涉到人的具体生活，更复杂、更具体和物质化。如果说诗歌是少年的世界，小说就像成人的世界。在小说和诗歌之间游走的马拉，在《未完成的肖像》等小说的创作中依然没有放弃诗歌这种表现形式。小说中多处的关节点，都有诗歌的变奏，或称之为副歌的部分，对小说的表现力进行加持。

关于小说的背景

在他的小说《死于河畔》《亡灵之叹》，以及《未完成的肖像》中，死亡都是一个共同的母题，这大概来自于他14年的小镇生活。他承认从语言方式、文本内容肯定能看到作者现实生活的背景，也可看到创作者因年轻而表现出的对死亡的好奇与关注。小说中对穷乡僻壤的死亡的日常感触来自他20世纪80年代前后湖北的乡村生活：上学路上通电的珍珠养殖场，不时有人因偷窃被电死；在暴躁的家庭悲剧中，女人服毒自尽。改革开放前后的乡村处于激烈变化和混乱的状态，并不是文学作品中要么贫穷落后要么田园牧歌的情态，生命的轻飘、死亡的恐惧，他由此见识到身边由于偷窃和家庭生活不幸而造成的意外死亡是那么不可理喻，不可解释的日常生活经验对这位充满了求知欲与观察力的少年造成了惊扰，并植入他日后的写作主题中。

我记得八岁那年，我第一次看见了一个人的意外死亡。我八岁那年的那个死鬼是被电死的，他想去偷珍珠，结果被电死了。尸体浮在水面上，远远望去，像一块破布。后来，他被拖到了岸上，就在路边，肚子鼓着，像一条死鱼。我认识那个人，那是我见到他最干净的一天，身上的污垢都退了下去，除开暗紫色的尸斑。①

马拉认为最跌宕起伏的永远是人性，他还尝试用相同的题目写不同的小说。你会惊叹于这样一个在用词上非常较真儿的人那惊世骇俗的想象力与创造欲，而这种想象力是有关个人生存的——真诚的生命爆发，自我的生活经验，少年时期的记忆，思维方式的形成，小镇生活的模式，从四面八方聚合而来。看他的小说，往往会令人联想到苏童的香椿树街、莫言的东北高密乡以及陈忠实、池莉、方方等人的文学根据地。他自己也充分肯定了文本创作的传承性——"我脚下的每一寸土地都藏着祖先的魂灵，他们用一种我所不知道的语言和我交流：关于生存，梦想和痛苦，爱以及欢乐。他们所经历的，早已如尘埃飘散，但我还是决定写下来，为了更丰富的痛苦和欢乐。……如果说所有的魂灵都有归宿，我相信是那条绵延不断的血脉长河，历史不过是这条血脉之河的延伸物而已。我无意写一部家族史，更愿意写这样一个人，她来到世上，然后回去，轻描淡写如同败笔。她让我的灵魂变得干净，确信爱和善依然存在这个世上。我愿意相信我的教堂里供奉着他们。因为有一天，我也会在那里。"②

关于 8 个人物的生存想象

所以，基于生活及理念的背景，《未完成的肖像》作为马拉个人生活与创作的一个豁口，供我们窥他构建的那个世界。

《未完成的肖像》涉及死亡、乱伦、性别变异等具有强烈戏剧冲突的

---

① 马拉：《向所有魂灵致敬》，《江南》2013 年第 2 期。
② 马拉：《向所有魂灵致敬》，《江南》2013 年第 2 期。

主题，并且是在一个艺术圈里拉开序幕。一切的人物和逻辑都徐徐展开，种种变异的心态、行为其实都基于正常的人性，基于每个人都希望得到的关于生存的想象——一种受人尊重的生活。人生最复杂的、万变不离其宗的就是人性。王树正如一棵大树的树干，其他人物就是从主人公王树这棵大树中发散出来的枝丫，相辅相成，互为逻辑，构成了人物关系和故事的生态圈。书中的八个主要人物都生活在 20 世纪末的艺术圈：王树和老那是画家，小 Q 和陈无衣是诗人，王约常习书法，方静为前舞蹈演员，艾丽好像什么都懂一点、沾些边。他们的日常生活细节和生命走向，都经由艺术这样一种行为被连接起来，也可以理解为每个人物的生活都是行为艺术，只要活着都是未完成的肖像。

　　小说的开头，王树以第一人称开始回忆旧事。他生活的起点是在长江边上一个叫黄城的城乡接合部，王树不满于在这样一个地方从事艺术工作，满怀着"搞艺术的都得去北京"的理想开始了他的艺术人生。

　　　当年在那个巴掌大的城市，全城就我和老那两个所谓搞艺术的。我从美院毕业后，去了民间艺术社，画了两年的灯笼。那份工作让我觉得毫无尊严可言。画灯笼，天天就是画灯笼，画鼠牛虎兔龙蛇马羊猴鸡狗猪。我操，那是一种什么样的生活。辞职后，我有一段时间天天躲在家里画画，所有的人都认为我是个怪物。直到有一天，老那找到我说，我也是搞艺术的。那时的老那和现在的老那区别不大，都是长头发，胡子乱乱的，只是那时候稍微瘦一点。老那看了我的画后，激动地对我说，王树，你是个艺术家，真的，你他妈就是个艺术家。老那的话，虽然不至使我热血沸腾，但一瞬间，确实有被人理解的快感，总算有人说我是艺术家了。老那把手插在屁股后的裤袋里，耸着肩膀说，王树，你别看我们这儿挺多画画的，画廊也不少，那都他妈是工匠，没一个真正搞艺术的。老那用很肯定的语气说，王树，你才是真正的艺术家。

　　小说的前部，王树都是以正常逻辑出现的，"到目前为止，我的生活还算不错，尽管有些不如意的地方，这总是有的"。依据其外形打扮，"小平头，长裤，球鞋，干干净净的衬衫"，他应该被定位为传统意义上的正面形象。他是个有点本事的画家，对老那的一些怪诞夸张的艺术行为常常表示不屑，无论对他人还是自己的创作都有着客观认知，在生活中处于有点被动与无可奈何的状态。一个符合中国传统文化的儒士形象是他的基调，虽然没有多大成功，但也过着平淡安稳的生活，直到方静的出现。在事业上，方静对他进行了成功的定位与包装，将其人其画轰轰烈烈推向市场；在婚姻上，作为他的现任妻子，她与王树前妻在家庭中所起的作用完全背道而驰；在情感上，方静引出女儿艾丽的出场，后者成了王树情感的寄托。王树的命运在方静出现之后的巨变，形成了小说前后两部分的反差与张力，也带动了戏剧冲突的波波相连——被打造成著名艺术家之后，由于那样的一种人生与他本身的个性和艺术理想之间的落差，他很快地产生了反省："回到家，看着我的那些画，我时常有沮丧感。这些画从未发生任何改变，他们一直在那里，但几个月前，它们连五千块钱都卖不到，现在，可能值几万哩。再以后，谁知道得多少钱？这太荒诞了。我需要的真的是艺术？这是不是一个幌子？我画那些画时干净的心态已经没有了。喧哗让我产生了焦虑，我需要钱，但我不喜欢生活中过快的变化，过快的变化让人产生不真实感，轻浮，像一片树叶，无法控制方向。"他开始不满于这种被时间表和价目表催促的生活，这一方面表明了他的职业素养和专业良心，另一方面也表明他作为男性话语权下的艺术家的任性矫情。当养家糊口与艺术真空之间无法平衡时，他的感情发生了转移，进入与继女艾丽的乱伦语境之中。于是，在作者的合理庇护之下，顺理成章地将理想与现实的矛盾甩给了妻子方静。在王树与艾丽的关系发展中，王树的个人形象更为立体，冲突感加剧：儿子王约也喜欢上了艾丽并且强奸了她；而王树在两母女之间的情感无法取得平衡和人生的种种变故之后，突发性地产生了性别变异，由出现女性特征变成真正的女人，而后再变回男人。对于这个父子同恋一个女人和母女同爱一个男人的荒诞故事，作者用现实主义笔法尽力给予了合乎现实逻辑的铺排。但既然要在王树性别变异后设定性行为的发生，自然就对增强可信度的文字空间提出更高要求，令人期待的行为细节与心理纠结在巨大的伦理困局中相形见绌。应该说王树这一形象的整体塑造在逻辑设置上是没有问题的，他的性别变异在一个科技对人性的硬性消解和黑色幽默的时代背景下也是可以接受的，甚至他变异过程中的那种对命运的凄惶无力感，以及作为一个社会生活的旁观者所持的理性冷静判断，乃至他最后的回归家庭，都有主人公或者说创作者通过挣脱逃离所表达的人生理想在里面。只是基于这样一个对过程转换与连接有着苛刻要求的情节设置，情感的刻画、小说的表现还让人有所期待。

作为王树生活中千头万绪的处理者与终结者方静，在厚道的视角里绝对应该有着不容置疑的正面能量："我的妻子是我的第二任妻子，她是个舞蹈演员。这些年来，她一直和我生活在一起，没有一点怨恨的意思。在她看来，过去的事情都已经过去了，不值得再提。""我偶尔会拿方静和前妻比较，她的开朗和乐观是前妻所没有的。""我得说，方静的出现，深刻而实在地改变了我的生活。"就算她为了生存成为"面具制造家"，甚至让儿女们都觉得她这样的女人王树是不会要她的，但实际上她给自私任性的王树提供了生活与创作的最大自由，对像一片云般来去的王树没有任何怨言。她能感觉到王树的不对劲，却也对他无任何约束，更没有一般女人的阴暗猜忌，或者说她有自己的哲学，这也正好给了王树和艾丽的关系提供了生存的空间。在家庭的伦理悲剧爆发之后，她隐忍笃定地独立坚守在自己的家园等待着逃离者的回归。最让人心生敬意的是，在丈夫莫名其妙失踪期间，她还能对外界的诱惑和他人的追求保持着古典情怀，这样说来她不仅正面还是一个小说艺术圈中极具平衡作用的理想人物。透过场场闹剧的开合，她对于丈夫、女儿和继子之间的乱伦与相继出走表现出正常人应有的慌乱后，总能有善良大气的处理，使家庭重归平静，我们甚至可以看到那悬浮于她头顶之上的圣母般的光环，种种小打小闹的世俗行为已被这光环淹没。我们本希望看到小说在她身上的矛盾性设置有更深远的解释和值得推敲的发展，而叙事却意犹未尽。

小说前五分之一处于渲染与铺垫的前奏，艾丽的出现看似自然而然，却使得王树的性格逻辑成立且丰满，人物设置的合理对情节起到了推波助澜的作用。艾丽的出现不得不说是整个小说的高光，她用美貌与青春照亮了王树暗淡的人生，也提亮了整篇小说的基调。作者在一个巨大的小说建筑中有意无意地观照到了细节的严丝合缝，艾丽是在几近成年——17岁时才跟着母亲进入王树的生活中，这就使得王树对她的爱慕合乎自然逻辑——艾丽第一次出现是以一个女人的形象，除去比较虚浮的伦理借口之外，他们没有任何的血缘关系与血肉相连的成长经历，这使相爱成为可能。作为一个年轻的生命，艾丽也有着无惧束缚与阻碍的人生理想，她对人生与爱情的追求都是那么直接甚至赤裸裸，而这一切无所谓好坏，作者赋予了她的性格以特权。她爱王树，所以她就毫无顾忌地在母亲的家里追求与引诱继父王树；她爱陈无衣的才华，她就可以自然屏蔽掉他的无理与无礼。她的基调一直被把握得当，无论怎么惊世骇俗她都带点不令人讨厌的仗义与淘气。在经历了许多人生变故之后，她的内心应该说还是干净的。正是基于这种干净而来的清晰，使她把理想与现实、肉体与爱情分得很清楚，甚至有着巫婆般一语中的、一语成谶的特质——她看一眼王树的小 Q 系列，就猜出了他们之间的关系；她断定了王约对她的喜欢和隐约的不幸；她看出了母亲和继父之间的关系本质；她能准确预知自己行为的结果和母亲的反应——她是一个神般皎洁、巫般狡黠的女子，也是写作者设定的一个异性崇拜体的模板，她是让王树心软的洛丽塔。

如果说王约是小说中让人情感投入最多的一个人物，那是基于他的绝望和人物设置的合理性：他比父亲更真实地活于这个世上，他承受了母亲自杀的家庭悲剧，他在淡漠的家庭关系中成长，他是以家庭中第三只眼的角度去观察去行事，他爱写字，他抄《金刚经》，他不俗——"王约像看穿了我一样说，你们都那么有钱了，还要钱干吗?"他的内心也有着一块和艾丽一般的净土，因此他的判断往往也是准确的，只是对艾丽的美缺乏抵抗力，导致了他肉体上的过激行为。他这一行为与其说是青春期的躁动，不如说是他对社会和家庭的叛逆与宣泄，他要大家看到他的存在，却最终丧失了在这个家里存在下去的理由，从此隐姓埋名、远走他乡，在卑微求存中与妻儿相濡以沫、了此残生。他的光环就是绝望，就是平淡的态度与莫名的明白和隐忍，就是退出了本可依靠的家庭、与世无关地活着。他的人生理想被自己的亲生父母一早葬送，书法等同于他的人生态度。"他已经是个漂亮的小伙子了，头发黑亮亮的，脸上的轮廓清晰，却不显得瘦，身上有健康的肌肉，他真漂亮。"这样漂亮的年轻人却对艾丽犯下那样一个错误，让人更多感觉到的不是他的攻击性与破坏力，而是他那无助的悲哀：

穿过一条窄窄的巷子，就到了王约的家。王约领出一个女人说，我老婆。又指了指女人怀里的孩子说，我女儿。我看了看王约的家，小，但还算干净。我鼻子有点酸，你还好吧？王约说，还好。他说话的声调，甚至语气都和以前一样。我说，王约，你跟我回去吧。王约摇了摇头说，我在这里挺好。王约的女人紧张地看着我，王约又指了我一下说，我爸。女人羞涩地笑了，忙着去张罗吃的。

　　他的平淡少语足以让人潸然泪下。我们有足够的理由相信，他就是作者要的那个残忍中的温情。

　　至于老那，在小说中常常以第二男主角的身份、以个人视角与王树轮流讲述人生故事。老那是王树的发小、同行、朋友，他们的生命轨迹时而相交时而平行，相互关照、相互印证，但老那是用另一种方式来表达对人生和事业的想法，"也许在本质上，我和老那是同一类人，只是老那表现得更明显"。这当然也是由老那的性格和能力所决定的：

　　老那专业是搞雕塑的，一直没搞出名堂，从那天起，我和老那就成了朋友。那会儿，他还是个失业青年，从一个蹩脚的师范专科学校美术系毕业后，老那短暂地当过一段时间的小学美术教师。后来，他就成了失业青年，整天在街上晃荡。直到认识我后，老那才说，王树，我也要好好搞搞艺术了。他说得那么轻松，似乎搞艺术和上街买菜一样简单。那些年，老那主要搞雕塑，还搞过一段时间的盆景，收集过石头。但最终都没搞成样子。

老那自己也知道，"王树多少有点瞧不起我，但没关系，这并不妨碍我们成为朋友"。在绘画的功力上他不如王树，"在老那家里，我看到了一些画，画得并不好，老那总是有毛糙的毛病，而且很多时候，他把毛糙当成了风格"，但又怀抱着自己的艺术理想不放，常常通过惊世骇俗的行为表达自己的存在感。他与他的同类有很多相似性，既厌世又媚俗，既惊世骇俗又同流合污。他的种种行为艺术自然是有着各种象征的意喻，根本无须深入解释。他不敢与人保持情感上的亲密，将自己喜欢的小Q介绍给王树使之与其发生关系，代谢掉内心的恐惧与不安，从而将自己的人生弄得一片狼藉。最后，这位我们在艺术圈中司空见惯的艺术家在自己的行为艺术中割腕自杀，让鲜血与如山的玫瑰淹没了自己的人生理想。

王树的画中人与老那的情感对象交接在一处，就是小Q。小Q在小说中出现不多，作为人物逻辑的连接点，她同样是一个在文艺圈里司空见惯的女性形象——"我又看了看老那，对老那说的话深表怀疑。老那说给我找个年轻的女孩子搞一搞，他却弄来了一个女诗人，而且还是一个看起来有点土的女诗人，他办事太不靠谱了。""确认小Q的诗人身份后，我重新读了小Q的诗，那些带有神经质倾向的诗，小Q的尖锐是明显的，她在诗歌中解放了她的身体。"外表土鳖，生活粗糙，貌似反叛，才华平平，她们共同的标志就在于言行举止的佻挞与写作观念、性观念的激进开放，她最后和这两个男人都分道扬镳，嫁给了第三者——"我再次见到小Q是在一年后。小Q成了北方一个产煤大市的公务员，她到北京出差。她打电话约我吃饭，她告诉我，她离开北京了，她考上公务员了，她结婚了，有一个同样是公务员的丈夫。她给我看了她丈夫的照片，那是一个阳光的年轻人。"回归到生活本来的样子，也在情理之中，她身上也有悲凉。

王树的前妻几乎是幻影，只是作为王树性格形成的一个理由而存在，可谓惊鸿一瞥：

> 他老婆是医院的妇产科医生，据说还是医院的骨干医生。我认识王树那么长时间，大概见过他老婆三次还是四次。她总是值班，带学生，做课题，生活规律得有些枯燥。那是一个清秀的女人，笑起来嘴角还有淡淡的酒窝，脖子很长，头发顺而且直。那会儿，我非常羡慕王树，觉得全世界的好事都让他占尽了。想辞职就辞职，想画画就画画，还有个这么好的老婆。我没想到的是，很多事情其实都是表象，事实往往不是我们想象的那样。

由于家庭关系的冷漠、王树作为艺术家对她的忽视，她上演了一幕活生生的行为艺术，怀抱儿子绝食自戕，这一角色基本上是作者在少年时代见识过的因家庭悲剧而自杀的农村妇女的缩影。如果说她自杀的现实理由并不充分的话，那么我们只好将之理解为性格悲剧的结果。"她是医生，应该说她更懂得身体的结构和功能，但思想上，她并不比普通人看得更透彻。"这就是其可悲之处，有无文化没有差别。作为一个知识女性，这样的人生举措，除了令人嗟叹之外，不值得更多的同情。

艾丽的男朋友陈无衣，作为艾丽与王树之间的第三者，他的出没无疑是前两者感情生活的转折点和理由。他先是以一个自视甚高的无业诗人形象出现，这也是我们在文艺圈常见的男性形象——自大、傲慢、无礼，缺乏生活能力的同时，还有那么一点小才华。艾丽一直将其视为精神恋爱的对象，而将继父王树视为肉体恋爱（也不完全）的对象。其实很难分清艾丽内心真正爱的是谁，也许他们两人的相加才是艾丽理想的爱情模式。在艾丽看来，一个理想的男人应该有着无拘无束的少年时代与沉稳儒雅的中年世界。有趣的是，若干年后的陈无衣跟王树很像，过上了正常男人的生活，这就印证了之前的推测，他们俩终于走到一条路上了：陈无衣是王树的青少年时期，王树则是陈无衣的成人世界——所以，艾丽由始至终只是在跟一个男人恋爱而已。

以上八位人物，有着大家曾经见识过的文艺圈里形形色色的熟悉面目，有着犹如曹禺《雷雨》的阵容和际遇，老一辈人物在自己腐朽的人生里胡乱搞事，年轻一辈清醒干净却承担后果：八个人当中，老那和王树的前妻死了；小Q、艾丽、王约、陈无衣都回归了正常的生活轨迹；王树和方静两口子，好人好报般回归了平静的生活。他们都有共同的倾向和人生轨迹：在一个充满了各种可能性的电子时代、科技社会里，他们试图逃离命运给予的位置，想从苹果变成橘子，想从机器变成一首诗，想从男人变成女人，想从人变成虫子或其他，反正就是竭尽所能地逃离原先熟悉与厌恶的生活，但是在可以预见的未来——在他们逃离之后的现实中，又出现了新的熟悉和陌生，新的厌恶感也再次出现。他们只能不断逃离，再不断陷入新的陷阱，小说在这个核心上为我们成功展示了人性中这种永恒的愿望和现实的不可逃离。我想，这部小说给予读者的意义还是在于一种与现代社会如何相处的生活处境观照。无论身在其中还是身在事外，这八个人物的生存方式都为我们提供了截然不同的路径和生命存在的无穷想象力。

更为重要的阅读思考是，如何去观照生活中那些沉默的大多数，关注他们的生存选择与路径。小说的笔致是绵密与质疑的，且由于冲突与落差的多重复杂造成了小说肌理的人为破坏感。我们看到了作者的努力和要远离世俗喧嚣的挣扎，所以将小说的背景设置在艺术的圈子里，因而造成了一种生活场景的陌生与克制，这种写法将小说置于距离感的反日常生活的现代审美之下，因而也给小说中的这些人物提供了个体化生命想象力得以生存的舞台与空间。

现代生存环境下的艺术表现

对于马拉而言，小说也是一个梦想。他认为小说的价值不在于是否反映了生活的现实，而在于能否唤醒我们内心隐蔽的部分："在这个小说中，它的极端和残忍，都埋藏着深切的温情。我的目的并不在于展示血淋淋的伤口，以其奇崛吸引视听，而是想说明，即使在惨烈之中，人心依然是温暖而善良的。必须承认，科塔萨尔、奥康纳、麦克尤恩的小说理念对我产生了深刻的影响，在这个小说里，我努力把这些影响变成独立的思考。另外，谈谈想象力。马尔克斯说过：'我不善于作任何想象，不善于虚构任何东西，我只限于观察，把看到的东西讲述出来罢了。'如果有人就此以为想象力不重要了，那肯定是大错特错。小说绝不是现实生活的简单复写，只有通过想象力的加工，小说作为一种文体的尊严才能得以体现。在这个小说中，我写了我想象中的现实，我自己觉得它比我生活的现实更为有力。此外，在文本上，我也花了一些功夫，我想通过丰富、灵活的文本建筑，更好地表现我笔下的那些人物。这些尝试，我认为是有意义的，至少对我来说如此。"①

关于文学的创造性，相对于帕慕克《天真的和感伤的小说家》里的感伤与天真的向度，对马拉而言，建设与破坏也是一种向度。他认为，当我们以愤怒的姿态写作时对于社会来说是具有破坏性的；相对而言，建设则要困难得多。而文学的标准其实又是有时效性的，原来的先锋到了今天又已然变化。一种东西被尊为至高无上的标准后，就会走到另一

---

① 马拉：《残忍的温情》，《作家》（长篇小说·春季号）2011 年第 3 期。

面。离经叛道、价值逆转作为创作精神是值得肯定的，标签却是错误的。在他看来，这世界无先锋可言，关键在于不断地创造、发现和再创造。他尤为排斥先锋这样的标签，我想是基于他对姿态性写作的排斥和对创作多样化与持续性创造的肯定。

他的小说也具备了几大特质：由始至终的逻辑连贯性，表现手段上的多样变化，灵活的文本建构，对细节的关注与处理，情节的虚构与内在的合理性，训练有素的文字表达。譬如在对细节的关注与处理上，他表现出令人吃惊的观察力：

> 也是奇怪，这些年来，我注意到一个奇怪的现象。凡是从外地去北京的，如果回家，再去北京，他们都不会说"去北京"，而是说"回北京"，好像北京是他们家似的。而且，几乎凡是在北京待过的，去了别的城市，总是带着权威和不可一世的表情。北京，像一只巨大的胃，把他们都消化了，成为那个巨大躯体的一部分。①

当然，我们在小说中也可以看见作者对于自己如今所生活的南方城市的情感与观察：

> 苑城是一个沿海的小城市，有常青的树木。我喜欢苑城的冬天，这里的冬天也是温暖的，有弯曲的海岸线。我们离开海城后，就到了苑城。这是一个新的城市，充满活力，却又是安静的。一到傍晚，路上的行人就少了，灯光亮了起来。我写了

---

① 马拉：《未完成的肖像》，《作家》（长篇小说·春季号）2011年第3期。

一系列的苑城故事，通过这些故事，我发现我依然年轻，单纯得像个孩子，我总是在做梦。而我的身体却在不断地衰老，我的头发和胡子白了。我养了一条狗，叫它"西卡"。我养它的第一天，它已经很大了，具体多大，我不知道。我给西卡讲过很多故事，它可能听懂了，也可能没有。

他笔下的"苑城故事"系列，是文字素描的练笔，也完全有理由被理解为他将中山生活作为载体，对自我文学梦想与大师印象的肆意表达。其实，小说中的 8 个人物身上都有着细致入微的人性判断，这正是作者独特的观察力与判断力的精彩折射：

> 我和小 Q 有过一次不愉快的对话。和往常一样，小 Q 跟我回家了。我没有急着和小 Q 做爱。我想和小 Q 谈谈。我对小 Q 说，小 Q，我爱你，我想和你一起。我的话让小 Q 大笑起来，她指着我说，老那，你别幼稚了。笑完了，小 Q 说，老那，你以为你爱我，其实不过是一个幻觉。我说，不是，小 Q，我知道不是。我的手插在头发里，我紧紧地拉住头发，似乎那样能让我舒服一些。小 Q 说，老那，我是不是让你觉得痛苦？我说，是。小 Q 说，老那，如果我让你觉得痛苦，那说明我并不爱你，如果我爱你，我不会让你痛苦。而且，如果你真的爱我，你也不会觉得痛苦，即使我是一个娼妓。说完，小 Q 又说，老那，你只是想占有我，你不想别的男人跟我做爱。小 Q 说的时候，一脸的轻描淡写，好像做爱跟灵魂没有任何关系，做爱仅仅只是做爱。

如前所述，《未完成的肖像》中男主角的性别变异本身可以获得与卡夫卡的《变形记》一样的合理性，但在性别转换的细节说服力与行为差异的逻辑铺排上应该说还有释放的空间。在创作中，随处可见作者本真和执着于艺术的光芒。文字可以是温暖的，提取的细节也可以是温暖的，但在更夯实的生活中而非惊世骇俗的艺术圈、在更平稳内敛的精神世界里而非极端残忍的伤痕面，纵然荒诞的情节也还可获得更为深厚的现实基础与人性支持。阅读马拉的小说无疑是一场复杂、丰富、颇费脑力的智力游戏，这其中还穿插着诗与小说的两种表现形式、独立章节中的人物素描、狡黠而富于张力的语言、借助人生事件与情感错综制造的戏剧冲突等，这些标识就是马拉诚意建构的小说世界。

日常与诗性的两条河流

当我们要去评价一个诗人和他的诗歌时，首先应该了解诗歌到底应是什么？在各种概念与解读之后，我只能承认诗歌在不同的诗人那里有着不同的本质。也就是说，诗歌是因人而异的变体，而归根结底应该是另一种形式的生命哲学，它关心的大概还是我们从哪里来、我们将会到哪里去、我们是谁。这样的问题。

从创作的意义上说，在经过喧闹的市场经济和社会转型后的中山，用诗歌来反思个体生活、表达困惑情感、在城市坚硬的外壳下执意挽留温暖的诗人，傈傈肯定是最具代表性的一个。在傈傈的质疑、忧伤、批判之下，掩埋着朴素的唯物主义与理想主义——关注现实世界，随时随地记录生活心绪的闪光，宣泄在社会抗争中对个体信仰的坚守与人性关怀，这种对自我与他人的关怀和沉溺于小我的私人化诗歌写作形成了鲜明对比。

从创作的能力上说，他解构了悬浮于诗歌头顶的光环，"在路上"的生活模式与诗歌的发生模式，一样可以催生无处不在的诗性：他善于在被动、繁芜的现实世界里发现诗性的光芒；善于对碎片化的日常生活和自我进行归整，并由一个貌不惊人的叙事点直接跃升到思想的层面；

同时，内心的坦率、真实使得情感的诗化变得自然而然。他习惯于不同质感的平衡，自我与世界、诗性与俗常、光明与黑暗、好玩与沉重、调侃与忧伤、柔软与坚强，在诗中生成、沉淀并升华，形成张力与美感。无局促的写作看似信手拈来，实则在短小的诗体中提炼的是作者所有的人生积蓄与写作能量。

从他对诗歌的态度上说，俣俣的诗是人性的，他以平常之心写作，有自己的纯粹与坚持："我从来没有把写作当作一门手艺。也从未想过利用它来获取一些什么。""也许是生命中有太多的沉重，需要缓解，需要调整，需要自我救赎，我于是又拿起了笔，漫无目的地写，很自我地写，很隐秘地写，感觉一种内在的激情和力量在笔下涌动。写作首先是我自己的一种需要，换句话说，如果我不需要，我写它干嘛呢。"①

日常生活的诗性之光

第一次认识俣俣，是看见《爱情埋伏在我必经的路上》这首诗歌的标题，这样的标题毫无意外地吸引了我，于是注意地看了下作者的名字。接着我开启了个人判断的模式：首先，这是个对文字敏感的人，只有他才会写出这样好看的标题；其次，对文字的敏感可以轻易驾驭表达，往往又模糊掉了作品中应有的厚度；再次，一些流行与好看的东西是很具欺骗性的，所以其作品是关于他生命状态的原创吗？基于以上种种揣测，为了避免阅读后的失落与不安，我没有看这首诗的内容，只是记住了标题。

人往往看见自己愿意选择的东西，所以我喜爱俣俣诗歌中像《夜宿

---

① 罗子健：《其实我们都是风唱出的歌·自序》，桂林：广西师范大学出版社2011年版，第1~4页。

山村》《小世界》一类的作品，我喜欢这样的诗歌，是因为诗性安放在那样自在宁静的世界里，不用分辨就能听见内心的声音：

> 我想我一定是忽略了什么——
> 夜晚的蝉鸣
> 窗外的雨声
> 心里徘徊的风
> 清澈的眸子里驶过的洁白的帆影
> 一个深夜坐在树下抽烟的人内心
> 的孤独，一个人被惊醒的梦
>
> 一个人，在梦里
> 怅然披衣而起，望着
> 一望无际的黑暗……

　　傈傈是正儿八经的 70 后诗人，从其生存的时代背景来看，具备着 70 后诗人的一些总体特征。我从傈傈作品中看到的是他们那一代诗人的成长和变化以及他们共同的成长经历。他们致力于从日常生活中寻找诗意，却又常常只能在碎片化的生活常态中发现诗性的光芒。日常生活和写作，生命中的两种状态，因其个人经历与生命感受的表达，都应被视为具有纯粹意义的显现。

> 我在平凡的日子里收集火焰
> 一点一点地积蓄幸福
> 掰着手指头想家

对着某个背影走神

无论天气如何都小心地把心情

拎在手上

此生决定做一个谦虚的人

好好学习，天天向上

生活中一直有道路

让我走来走去

也让我明白

做一个问心无愧的人

不是一件容易的事

渴望像一根火柴一样生活

虽然，瞬间即一生

却能带给世界小小的惊喜

我不知要花多少时间和心血

才能收集这么一团小小的力量

把自己的一生擦亮

——《日常生活》

　　倮倮就这样在日常生活中积攒着诗性的小火柴，点燃一根就能照亮他也许并不寒冷的世界。他不是那个小女孩，但他毕竟也会有孤独与困惑的时候，所以，他也就在现实的黑夜里这么一根一根地划下去。

　　在某个语句的路口

我们突然说到了光

有点猝不及防。光

聚成一束，但它

并没有照亮雨中的道路。

说到光，我有点紧张

抓起搪瓷杯大口喝水，紧张

慢慢溶解在水里。

"哦，我们刚才说到哪里？"

我清了清嗓子问。

旅途上有光闪耀

一些记忆，一些片断

——就是光

从黑暗中盗取光

是一门古老技艺，只是

失传已久。

    诗歌的光是瞬时而来，说不好什么时候就会转瞬即逝，所以有点让人"猝不及防"。但无论是照亮感觉、情绪其或是"雨中的道路"，反正它的突如其来令人紧张，紧张于现实中闪过的这点光，珍贵、短暂并且微弱，聚成一束也无法照亮雨中的道路。借助"光""雾""黑夜"等意象，"现实的那种压抑感、荒诞感、消失感构成了'现实感'，在一种吞噬性的描写与体验之中"①。有人说他诗中使用频率最高的是"黑色"

---

    ① 梦亦非：《从身边的事物中汲取微弱的光——略论俣俣的诗》，《其实我们都是风唱出的歌》，桂林：广西师范大学出版社2011年版，第116～122页。

的意象，而"光"，往往与其一同出现，在"黑"的深沉铺张之后是"光"的补偿与反拨，以及微弱中对抗的身影。诗性的"暗光"从那雨中的道路上逃逸出来，从那现实的"黑暗"中盗取"一些记忆，一些片断"，它们如光般闪耀于一个凡人的人生旅途。这种人类最古老的记忆之光，也许就是诗歌于他永恒的意义。

俣俣常说自己是个左脑经商、右脑写诗的人，当然生意人也有很多种——挣钱的与慈善的、受过教育的与没受过教育的、写诗的和不读诗的，那么写诗对他来说，到底是生命的空隙、给灵魂放风、发现自己的多种可能性，还是增添生命投资的砝码？可以确定的是，他有发自内心的抒写，他是"把诗歌日常化，又把日常生活诗歌化"①的能手——他在出差旅途中写诗，在餐巾纸上写诗，在开会时写诗，唱 K 时也能写诗——他们唱了一首《风继续吹》，他就突发灵感了：

> 风继续吹，爱情如火的岁月
>
> 已化作片片枫叶
>
> 夹在记忆里
>
> 曾经年少，三杯两盏的情调
>
> 已成醉眼云烟
>
> 反穿一件爱情的雨衣
>
> 我们多么怕吹熄那梦中的火焰
>
> 小小的悸动，只是在酒杯中
>
> 在酡红的酒杯中晃动，又晃动

---

① 梦亦非：《从身边的事物中汲取微弱的光——略论俣俣的诗》，《其实我们都是风唱出的歌》，桂林：广西师范大学出版社 2011 年版。

放下杯，一切又放下了

我们回家、回家

蝴蝶翩翩起舞，翩翩在梦中

风继续吹

吹响的或许是少年的苇哨

风，继续吹——

他的诗歌处于随时随地记录生活心绪的状态。他说跟马拉喝酒的时候就写过多首诗歌，内心感受比较强烈诗歌就出来了。他在诗歌的"日常生活"中不停地写，不加挑剔地写，不装模作样地写，随意得就像空闲时手边的填字游戏，毫无局促的互动关系。看他在异乡的黄昏中、出差的路途上就写了一首漂亮的小诗《特鲁希略的黄昏》：

傍晚。暮色从矮矮的屋顶，从窄窄

的街道上空，从教堂的尖顶上，慢慢降下来——

我站在 plaza 旅馆的门前抽烟。对面

一幢黄色的房子在暮色中宁静、悲悯

它的二楼废弃已久。

突然，一张脸

从一个破烂的窗口冒出

抽搐着……口中发出怪异的叫声。

明天清晨，我将离开这座小城

它留给我的最后印象竟如此

偶然，强烈！

我喜欢这偶然

它有着迷人的真实。

　　他在许许多多的黄昏中、公路上写出一首又一首恐怕连自己都不大记得清的随兴而发的内心独白。真觉得他该出一本公路诗歌集，特别符合他在路上的生活模式与诗歌的发生模式。

　　在日常生活中连贯而突发式地表达自己的一些生命感受，是否会更为周详、感性甚至令人兴奋，仿若坐在有其他观众的电影院里，共同的反应，彼此印证，只是我们所观看的不是普通的影片，而是一个真实的蒙太奇，并且不会断片，在离开人世之前。他的写作与生活在此做一种平行的呈现，仿如铁轨的两条边线，在生命时光里同向延伸……

日常生活的诗歌关怀

　　我想，保保在写诗和经商之间的关键不在于时间，而在于他有一双发现诗性的眼睛，就像文章开头说到他对文字的敏感，他对周遭环境的人、物、事应该也具备这种敏感，他俯拾皆是的诗歌发现，使他的日常生活与精神休憩所之间的桥梁——诗歌这种表达方式成为可能。日常状态下的世界本应是一种被动的存在，只有当主体的心理感受发生变化时，将其个人的主观感受投射到客体之上时，才形成所谓的现实感。在由客到主、再由主到客的过程中，保保都积极参与、投入，否则，他如何能在马不停蹄的游走中、饕餮盛宴的杯盏中、流水线上的噪音中、生存喘息的间歇中，看到诗歌的光芒、对象的光芒、人性关怀的光芒。

工作上是老板，却又写关于流水线上的工人的诗歌，大家都会感到有些困惑：作为一个老板，他将怎样看待自己流水线上的那些工人？这是我曾经问他的问题。他说每个老板关心下属的方式有所不同，自己也是打工起家的，对工人自有一种悲悯的情怀，他的公司里有电影院、娱乐室、图书馆，他要做那种不计成本对员工好的老板。但我要怎样去理解他的这份关心是真诚的，当这些流水线上的工人正在为你创造生存价值之时？另一方面，我也无法想象一个人将随时保持警戒，将一切掩饰得那么好——我觉得他不像，他的所做所写都不像。他说这确实是个很纠结的过程，诗歌中的"老板"有着对他人和对自己关怀的角度：

> 舒婷的流水线是异化的流水线
>
> 郑小琼的流水线是挣扎的流水线
>
> 我的流水线是什么样的流水线呢
>
> 在它上面流动着工人的青春、梦想和爱情
>
> 也流动着我的青春和梦想
>
> 我曾经也是卡座上的一颗钉子
>
> 在国家的流水线上被从湖南输送到广东
>
> 工厂的流水线又把我输送到主管、经理、总经理的位置上
>
> 在时间的流水线上我从零部件变成半成品最后成为成品
>
> 但我总感觉自己是一件永远无法到达的产品
>
> 我知道，我有限的关怀既不能向国家致以崇高的敬意
>
> 也不能送到每个需要关怀的人的怀中
>
> 因此，我每天都生活在内疚之中

这首《流水线》将主旋律的主题元素与现代手法相结合，其中的自我塑形与集体塑形以"产品"的形式贯穿于公共生活与个人生活之间的生存图景中，既非小我的私人化叙述，亦非所谓的"底层关怀"。于他而言，出于个人经历，这种关怀是现实中的了解之同情，是一种实实在在的认同感，而不是对底层的俯视。就算这关怀是多么有限，有限到无法上传下达地送到每个应到之处，但起码说明作者是个对自己有要求的人，并且是一个对"青春、梦想和爱情"有所期冀的人，一个流水线上的执着的理想主义者。只有这样将作者置于其中地去解读，其理想与现实之间的反差所造成的张力才会油然而生。

在日常的物质世界里，这样的矛盾是无处不在的，这样的主题在他的诗歌中不断显现。对他人的关怀与自我的不安，也是铁轨的两条边线，在时光中同向延伸，做一种平行的呈现：

十八岁的表弟

有三年工龄的表弟

喜欢吃零食的表弟

瘦得像竹杠一样的表弟

喜欢穿拖鞋的表弟

在我当总管的厂里

被炒鱿鱼的表弟

哭得像一兜带露的小白菜一样离开的表弟

我想留宿他一晚

却被自己制定的制度拒绝的表弟

让我重新审视自己的表弟

哦，走向茫茫人海的表弟

没有想过明天的表弟

在现实之车突然急刹车时

一个趔趄栽下去的表弟

用呛喉的乡音哽咽着说再见的表弟

天下的表弟

把梦和行李背在羸弱的肩上

走在风中

《十八岁的表弟》绝非平铺直叙的私人照相簿，僾僾用了一种句式的罗列，将本应琐碎的叙事归并，事件是平铺直叙的，母题也是平铺直叙的，但是视觉画面里作者的内心纠结与担忧却是抓人的，诗歌内蕴的情感是深厚与凝重的：自己的一个决定引致表弟离开的后果，诗人的身份使他得以在诗中宣泄这种让人沮丧的不平衡感，可是这种同情有益却无用，一个与所有其他民工无异的表弟、看着让人心酸的表弟，将来的命运只能靠自己。"走在风中"预示着表弟之后的飘零，表弟的可怜与可气，以一副别有意味的思辨面貌出现。被开除的表弟导致他瞬间的情感失衡是真实的，如果非要与"草根关怀"扯上关系并不贴切。作为主管，他自己其实与打工的表弟阶级差别不大，亲戚的身份更与底层关怀无关，在此表达的更多的是对自身及他人的同情。在一个被欲望垄断的物质世界里，幸免于难的怜悯之心是柔软的、忧伤的，也是批判性的。

在这种混乱芜杂的现代生活潮流中，僾僾可说是这些年来将原有的"理想主义气质与诗歌精神"与"灵魂形而上的选择与坚守"贯彻到底的诗人之一。他乡与故乡的漂泊感，在他的笔下呈现出理想化、浪漫化的一面，对于民工生活的描述也不例外：我要用我的诗笔为工作在流水线上／来自五湖四海的兄弟姐妹们的青春、荣耀和感恩描画蓝图／我要安置他们的理想、爱情、梦想 // 哦 / 穗西村 / 它铁皮顶的厂房 / 它拥挤的街道 / 它郁郁葱葱的芒果树 / 能否盛得下我和与我一样来这寻梦人的理想"（《穗西村》）。在物质世界的阳光中游走的诗人们，并没有志得意满，他们的内心里有着在物质里游走的孤独，当然要用诗歌"记录自己和这个时代的蹩脚和美好"①。这是一个诗人的境界，也是一个诗人的道德感、责任感。现实是灰暗的雾，它会吞噬掉一切，诗人的内心状态与现实生活反差极大，但诗人并不放弃内心的关怀，"不逃避、不幻想，他正视这些现实，并让自己的内心强大，让内心的花朵可以烛照这艰难时世与灰暗现实"②。在他的《征婚启事》《VIP》中也有着对抗现实的深深无奈；在《镜中》是对自我世俗生涯的反思与质疑，其间混杂着深深的悲哀。每个行走在这个世上的人都有着自己的悲哀，但只要诗人在关注自己情绪及内心的同时，有着生活背景下人性温暖的生成发育。《小世界》中散发的就是这样的温暖与节奏：

> 我的世界是一个小世界
>
> 只有我的家人、街坊和朋友
>
> 我居住的街道和两旁的芒果树
>
> 和每一片树叶，以及
>
> 每一片树叶的闪光
>
>
> 我身边的时光的消逝是缓慢的

---

① 李犁：《用诗歌给灵魂放风》，《其实我们都是风唱出的歌》，桂林：广西师范大学出版社 2011 年版，第 5～12 页。

② 梦亦非：《从身边的事物中汲取微弱的光——略论保保的诗》，《其实我们都是风唱出的歌》，桂林：广西师范大学出版社 2011 年版，第 116～122 页。

一点，一点，一点……

我对世界的爱也是缓慢的——

不追求永恒，不放弃瞬间

不追求速度，却期待高度

我从身边的事物中汲取微弱的光

并让微弱的光消除内心的黑暗

顺便照亮我身边

那些也需要照亮的人

——《小世界》

诗歌于他来说，是明暗的重构，是时间的重构，是生活的重构，是良心的重构，是爱的重构。

诗与生活的紧张关系

也许诗歌是作为一种生命哲学与倮倮的日常生活互补，所以他的诗意也经常摇摆在两种情绪与性格之间：在《仰望》中——每天我都获得新的启示／我的白天，我奔腾的内心和沸腾的时间／因此那么的高远、深邃、宽广；而在《隔着茫茫尘世》中——坐在屋檐下／沉默着不说话／脸上有着看不见的忧伤。面对生活的忧伤与浮躁，诗歌是他抵挡忧伤、化解浮躁的应对之策。真希望倮倮就像《圣保罗教堂广场上的鸽子》，"把喜悦藏在细碎的步子里"，幸运地永远徜徉在日常生活与日常诗性之间，而无须顾及他们之间过于亲近的失衡。

在诗歌与现实的紧张关系中，他从一个热闹到另一个热闹。或许他很固执，执意于在热闹的地方听自己内心寂静的声音，但要面对的是无可奈何的分裂。傈傈说自己属于可以完全分裂、随时分裂的 AB 型处女座，好友马拉一直坚持他自己的判断，诗与生活过于紧密，一直保持表面上融合、实质紧张的关系。他调侃傈傈诗歌写作还是处于粗糙的状态，当然仅指写作状态的粗糙而已。我不禁作此想象——如果傈傈可以为诗歌放弃已经展开的无限辽阔的生活；如果傈傈不把诗歌当作一颗钉子般楔入时间，企图钉住一段难忘的生活与偶得的心绪；如果就让生活欢快或者呜咽着兀自流淌，就让诗歌心无挂碍地慢慢沉淀，那将是个什么样子？当然，反之是否亦可成理：生活展开的无限的辽阔给诗歌以承托；楔入时间的记忆使诗歌永恒；诗歌与生活在对立冲突中才能走向新的平衡。

文学和生活，在傈傈这里，可能既不像杨过、小龙女般天然和谐，也不像将离未离的夫妻关系中的妥协，它们更像是互不强求的情侣，不涉及太多责任与义务地快乐作伴，但无法协调时也会有两个人的打架。只要不按部就班"很无聊，很无趣"地生活，傈傈并不执着于理想化的写作状态，但遗憾总归还是有的。常常见他在微信上发首有意思的小诗，都是在行车的公路上反复斟酌诗的气息，嗟叹于感觉的不能到位。而在不太热闹的境遇下，傈傈的诗歌可以写得更好。他在美洲游历时写的诗，就处于一种好的状态，还是一如既往的用词习惯，但那种好是关乎诗歌的内在生态而非外在的结构与形式。他自己也承认，陌生环境里的慢生活，让他有全身心投入写诗的感觉，哪怕在餐厅门口抽烟，对面住户一个探头探脑的人都能让他有新的灵感。所以他时常《想飞》，"飞出恶俗的尘世"，他那生意做得红红火火的"虚度光阴吧"，也许就是他无法离开日常琐碎时自创的逃匿之所。

我的身体里埋藏着两条河流

一条是灵魂的
还有一条也是灵魂的

一条向西
另一条向东

向西的河流
静静地流淌，像秋天的湖水般沉静
微风吹过，也溅不起一朵浪花

向东的河流，像脱了缰的野马
它甚至还咆哮着，咆哮着……
自由，奔放，恣肆
如风四蹄下溅起无数朵浪花

　　正如诗中描绘的那样，生活向东，诗歌向西，但从日常生活中消失、从既定环境中脱离，只是一种理想。在诗歌内部世界与生活的外在世界之间的这种双向渗透中，就算有足够的敏感、灵感与猛虎嗅香的心性境界，生活还是生活，诗歌还是诗歌，虽然它们一直相互陪伴，有时不免还是隔着茫茫尘世。

结　语

　　诗人李琦说："写诗好像有一种治疗功效，能化解很多生活的忧虑和烦恼，同时又具有清洗和整理的作用，让我在平凡、琐屑的现实世界而外，有了一个自给自足的世界，发现或者说创造了一个又一个丰饶寥廓的远方。"① 傈傈觉得这正是他的想法与诗歌体验。

用人文关怀、诗性写作来对抗现代文明与科技带来的人性冷漠与社会异化，观照诡谲多变的物质世界里宽广的人性与温暖，"诗歌能有这样的疗效就像一个残废的人能自食其力了"②。在自我与他人之间、在自我与世界之间，傈傈都是个参与感很强的人，他的诗歌创作也许就像他诗中表达的："不追求永恒，不放弃瞬间。"对他而言，诗歌不再是一个高高在上的现实生活的威严审判者，而是他身边的亲切可爱的庇护者。他崇拜有限与自然，而不是超凡脱俗的崇高与虚无。本质上说，他是理想主义者和乐观主义者，无论灵性还是灵魂、随兴还是随性、深度还是深刻、聪明还是智慧，在此似乎都无须深究了。在日常与诗性的两条河流中，他跌宕自喜地游来游去；在宿主傈傈的这颗人体星球上，诗歌也如一枚平衡生态的益生菌般无局无促地游来游去。

---

① 罗子健：《其实我们都是风唱出的歌·自序》，桂林：广西师范大学出版社2011年版，第1~4页。

② 李犁：《用诗歌给灵魂放风》，《其实我们都是风唱出的歌》，桂林：广西师范大学出版社2011年版，第5~12页。

综述篇

香山文化标志性成就的生成与传承

诗歌里的生命之舟

诗歌，世界上最古老最基本的文学形式，一种阐述心灵的文学体裁。在这个领域，诗人运用凝练的语言、充沛的情感以及丰富的意象，高度集中地表现社会生活和人类精神世界。孔子认为，诗具有兴、观、群、怨四种作用。陆机则认为："诗缘情而绮靡。"当然还有"诗言志"等广为人知的观点，不一而足。我们看到的是，每个时代的杰出诗歌代表，总是以最高度浓缩的语句、最深沉高远的意境、最具韵律的节奏、最形象生动地表现着当时社会的情感世界与民俗风气。

中山本身就是一座充满诗意的名人城市，无论是850多年前那充满诗意的"香山"之名，改革开放之初被称为经济发展的"四小虎"，还是这座城市实至名归的"国家卫生城市""全国园林城市""联合国人居奖""国家环保模范城市""中国优秀旅游城市""全国文明城市""中国十大最具幸福感城市"等荣誉称号——伟人故里中山，时时见证着神奇和美丽，处处散发着诗意和浪漫。中山与诗歌的结合不更是一种诗意相加的惊人创造吗？目前中山诗歌创作所呈现的异常活跃的状态，以及出现所谓的"中山舰队"也就不足为奇了。近年来，"华侨杯"等文学赛事的举办，一些创作者在省内外甚至全国、海外的获奖，给中山的文坛注入了新的活力。

中国诗歌界的一批领军人物，如王蒙、高洪波、吉狄马加、雷抒雁、张同吾、韩作荣、叶延滨、李小雨等先后走进中山，让中山这座文学艺术史上出现过阮玲玉、郑君里、萧友梅、吕文成、古元、苏曼殊、阮章竞、黄苗子、方成等星光灿烂的名人的城市更加诗意盎然、诗情澎湃。近年来，各方力量共同扛起了中山文坛这面大旗。与此同时，中山的诗歌创作进入了一个更加繁荣的发展期，一大批优秀的诗歌贴近生活，反映时代精神，逐渐被媒体和外界认知并接受，他们的作品频频亮相于《人民日报》《人民文学》《中国作家》《光明日报》《诗刊》《文艺报》《文学报》《诗歌月报》《诗选刊》《中国文化报》《南方日报》《羊城晚报》《作品》等报刊，引起了国内诗歌界的关注。由丘树宏担任名誉会长的中山诗歌学会，聘请了吉狄马加、雷抒雁、韩作荣、张同吾、叶延滨、李小雨等国内诗坛领军人物为学会的顾问，王蒙还为学会刊物《中山诗人》题写了刊名。在中山这座诗歌的城市，时常闪现着中山诗人和全国各地诗人的风采——"中国诗歌万里行"三次来到中山，连续举办了"中山全球通杯·改革开放颂"全国诗歌大赛、"中山·魅力火炬"诗歌大赛、阮章竞诗歌沙龙与阮章竞诗歌奖等活动。诗歌学会还举行了"我们的节日"——端午节诗歌欣赏晚会、2009 年元旦大型组诗《30 年：变革大交响》诗歌朗诵晚会、月满中山·诗韵三鑫校园中秋诗歌朗诵会、中山市首届樱花节诗会、中山珠海两地诗人联欢会、首届珠三角新诗发展前瞻圆桌会议、广州"丘树宏作品研讨会"等活动。中山的诗歌活动还深入社区和镇区，让普通市民的生活也感受到了诗意，火炬开发区健康花城被授予"诗意社区"称号，南头镇还成立了镇区一级的诗歌分会。中山还倡导成立了"阮章竞诗歌沙龙"和"中山市诗歌学会"，开展形式多样的采风活动，极大地激发了中山诗人的创作热情。此外，与国内各重要报刊《中国作家》《诗刊》《诗选刊》《诗歌月刊》《作品》等合作，推介中山诗人作品，《诗歌月刊》还专门开辟"中山诗群方阵"专栏，用十多期版面推介了 40 多位中山诗人的诗歌和评论；暨南大学出版社推出的《悠悠咸淡水：中山诗群白皮书》、花城出版社推出的《黄金在天上舞蹈——中山先锋诗十四家》，使得"中山诗群"快速崛起。

就目前创作而言，在中山诗群的创作整体中，基本形成了三个比较稳定的写作方阵：一是以刘居上、丘树宏、郑集思、李容焕等为代表的传统方式的诗歌抒写，他们为中山诗群的形成奠定了坚实的基础；二是以余丛、马拉、倮倮、刘春潮、罗筱等为代表的个性化诗歌写作，构成了中山诗歌的厚重板块；三是以马丁林、叶才生、陈光钵、黄廉捷等为代表的现实写作，这三个方阵共同构成了中山诗歌的多声部交响。2009年 12 月，广东省文艺批评家协会在中山举行"中山诗群作品研讨会"时，省作家协会兼批评家协会主席、暨南大学党委书记蒋述卓认为，"中山诗群"的形成和快速崛起，与中山诗人高度自觉的社会责任、担当精神和使命意识是分不开的。其他专家学者们还认为，中山诗群的形成有其历史的、现实的、人文的原因。"中山诗群"诗风强盛，有报纸、有群体；诗群诗品高尚，风格明朗，诗体多样，每个个体又有各自独特的表达方式；作品题材丰富，田园、乡土、现实生活、政治抒情诗、重大事件等等在中山诗群的诗人们这里都有不同比例的反应。诗歌的起承转合，既要继承传统又要具有现代性，既应有东方的元素也应有西方的元素，追求多元的气象和题材的多样化，是这么多中山诗人共同追求、探索的基本方向。

蔡宇元的《盛世春风绿古都——回顾沙溪诗社》一文，就对其故土沙溪的诗歌创作进行了较为全面的概括：

骀荡春风百卉开，江山胜景毓诗材。

沙溪自古多才俊，又见奔腾后浪来。

　　蔡宇元的这首诗，充分表达了改革开放以来，沙溪诗社的诗友们深入生活，以丰富的文采、饱满的热情，不断创造出好诗好句，在诗歌领域反映中山生活的积极状态。

　　在现实的文字中，我们时常感受到，叙述伸出陌生之手，周遭的现实即变成语言的乌托邦。叙述的魔幻品质已经被无数从阅读中获得激情的人所证明，它无疑是上天对饶舌混沌的世间的同情与馈赠。日常生活一经叙述，就仿佛具有了炫目的光环，像被施了魔法般，有了一种神奇的美丽。诗歌正是这样一种具有叙述魔力的语言之花。

　　在中山诗歌叙述的语境之中，被叙述的中山也的确如花般绽放：程绮洛的《神奇的土地》《酸子树下的沉思》、王侠君的《菊城诗选序》、杨官汉的《鹤舞》《飘色》、李炳芬的《逸仙湖公园行》、李容焕的《瞻仰孙文铜像》、丘树宏的《醉龙》《当菊花与诗歌相遇》、叶才生的《隆都·霓裳·沙溪》、董妍的《我家住在岐江河畔》、金贤德的《谒翠亨村中山故居》、容寿华的《中山故里行》、刘磊的《画堂春·2004年小榄菊花会》等等。这些诗人都试图通过对中山自然环境、社会变革、风土人情的描绘，从诗歌的角度向世人展示中山美丽、自然、风情的一面。

　　程绮洛在她的诗作《神奇的土地》中，以传统的抒写在中山形象中寄予了久违的理想主义、浪漫主义，以多面的镜头为我们展示中山史诗一般的面貌：

　　　　这是一片神奇的土地

　　　　沉寂多年如今苏醒

它惊异地发现先生的理想早已实现

土地已属于它真正的主人

耕种者像拥有阳光空气一样拥有土地

这是一片生机盎然的土地

踏着先生的足迹在土地上收割

沉实的稻穗正垂首聆听我们的歌唱

南国的阳光在土地上流泻

很温暖　很惬意

　　每个城市都有一些角落，凝结着这个城市居民心中的各式情感。逸仙湖公园，便是中山这座城市众多经典场景中的一个。李炳芬心中的中山表情是安静的，在她的《逸仙湖公园行》中，她这样刻画：

百亩园林叶翠微，逸仙名字闪光辉。

朱楼玉树沉浮影，环水角亭远近堤。

莺燕千姿穿絮起，波霞万态弄烟迷。

忘情文侣迟呼唤，日月交辉竟未归。

　　董妍的《我家住在岐江河畔》，在诗歌的游走中收放着对这片地域的现代派抒怀——

南方以南先生的故乡

如果你不知道中山先生

你不要来爱我

两岸一河在先生的故乡

名叫岐江

有一畦畦自留地的情人路旁

与我清溪花园 5 幢 501 的一间复式楼相亲相爱

叶才生的《隆都·霓裳·沙溪》蒙着岁月的尘埃，有如游吟诗人的吟唱一般弥漫开来：

对着月光，我想

很早很早以前的某一个诗人

也许，在某个古老的渡口凭栏远眺

在黄昏，有乡亲沿着岐江出走

背负着蒙蒙的月色漂洋过海

那一声一声的划桨声啊

像岁月中的一道暗流

滋润了古树的根

滋润了一个名叫隆都的乡村

而在另一种风格里，李容焕的《瞻仰孙文铜像》，对孙文公园进行着一种军人式的简洁有力而意志昂扬的描摹：

脚下，999 棵松柏

肃立着故乡人

长久的缅怀

四周，车水马龙

前进着中国人

新世纪的理想

　　诗人杨官汉的《岐江五月——美丽的约会》《黄圃的路》《"灯都"古镇》等作品中，更是对中山24个镇区逐一描写，以点带线地突显每个镇区的民间色彩，让中山形象立体丰满，更让读者产生美的共鸣，渴望深切感受中山独有的气息。杨官汉通过描绘中山的醉龙舞、鹤舞飘色、黄圃的路、古镇的灯，展现了地方特色和珠三角的生活风貌。他立足于平凡的生活，在其中捕捉诗意，又倾注了个人浓浓的乡情，使人读之倍感亲切，激发了读者爱国爱乡之情。"他通过诗，在寻求为人的根本，在寻找那个在现实生活中使我们得到充实的精神家园。是的，在诗中，他找到了那些平常而又温暖的事物，如同阳光般地在语言与精神的世界里漫游。" ①

　　那些诗歌中的中山，有时候作为主体，跃然纸面，字里行间一目了然；但也有另一种意境的中山，作为背景，渗入诗人的情感中，虚无缥缈，若隐若现，更多的是以其特有的灵动静默赋予诗人或喜或悲的灵感。譬如黄廉捷的《清澈的梦》：

　　　　半夜照顾着清澈的梦，

　　　　我挑了一把梦的吉他

　　　　搭上了高速列车

　　　　开始流浪于

　　　　珠三角河流的旁边

---

　　① 林莽：《日月同行·序》，北京：作家出版社2008年版。

顺着舞蹈的珠江口，

沿着似梦似醒的石岐河

穿透五桂山

来到似火如烟的后花园，迷失

时空无法延续

眼睛吹入沙尘，在无光的夜

吉他渐渐化成棉花糖

躲藏在无人的角落

偷欢

　　在黄廉捷的"梦"中，中山的形象变成了牵绊诗人的一种乡情，虽没有付诸实体，却还是让人领略到一种温柔缠绻。黄廉捷笔下的中山，既具有古老城市的那种安详，又能让人感受到新兴城市与时代脉搏一起跳动的新奇与活力。中山，或许就是许多人心中那个"清澈的梦"。

　　明智的读者可以看到，诗歌中呈现的错觉，往往还反省着生活中另一种更为深入的现实——迎合与媚俗，这些东西"在政治领域、在经济领域、在娱乐世界、在社会的各个层面，屡见不鲜，像不能引起任何感觉的腐蚀物寄生在我们身上"①。

　　在诗人所生活的中山语境中，这种"被时代"的个人精神的微妙变化，与社会现实的吊诡，也在诗歌中同轨展开。余丛敏锐而执意地捕捉到了人性中佯装的美好与无处不在的凶险，并洞察与揭示出这背后隐藏

---

　　① 谢湘南：《从被比喻的诗行中出走》，《中山商报》，2011年4月19日。

的秘密——她保持了永恒的笑容／但看上去有点枯萎。"枯萎或许是我们看上去繁花似锦的社会的另一个关键词。"① 诗歌评论家邵风华认为："余丛是一个有信念的诗人，因此常常陷入怀疑之中。这种怀疑精神的可贵之处，不仅仅在于对生活、对世界的观察和思考，更重要的是，它带来了诗人对自己写作的旁观和自警，这是一个自觉的写作者最重要的品质。"②

> 我不是酒色中的那人
> 我是在梦里借酒消愁
>
> 我不是被驯服的门徒
> 我从日常里认识生活
>
> 我的耳中有音乐天使
> 我有沉默寡言的一生
>
> ——余丛《答问录》

在经过喧闹的市场经济和社会转型后的中山，用诗歌来反思个体生活、表达困惑情感、在城市坚硬的外壳下执意挽留温暖的诗人还不止余丛一个，诗人俸俸也可算是试图在这种混乱芜杂的现代生活潮流中将原有的"理想主义气质与诗歌精神""灵魂形而上的选择与坚守"贯彻到底的诗人之一。他的笔下呈现着中山经济的重要一面，特别是对于农民

---

① 谢湘南：《从被比喻的诗行中出走》，《中山商报》，2011 年 4 月 19 日。
② 邵风华：《余丛简论》，诗生活网，诗观点文库，http://www.poemlife.com/libshow-2712.htm。

工生活的描述："我要用我的诗笔为工作在流水线上 / 来自五湖四海的兄弟姐妹们的青春、荣耀和感恩描画蓝图 / 我要安置他们的理想、爱情、梦想 // 哦 / 穗西村 / 它铁皮顶的厂房 / 它拥挤的街道 / 它郁郁葱葱的芒果树 / 能否盛得下我和与我一样来这寻梦人的理想。"（《穗西村》）

在诗人们更多关注情绪及内心的时候，还有着在中山这一城市背景中生成发育的人性温暖：

> 漆黑的夜晚漆黑的你
>
> 漆黑的旅行袋
>
> 藏匿着你一生的骄傲、忧伤和无奈
>
> 你终于还乡了，在一个小小的漆黑的房子里
>
> 你终于没有了哀愁、忧伤和痛苦
>
> 你悄悄地回家了
>
> 你不想惊动房东、老板和同事
>
> 你也怕惊动他们
>
> 以及他们的哀伤和忧虑
>
> 摇摇摆摆的炊烟，断断续续的鸡鸣
>
> 还有哞哞的牛叫
>
> 还有小鸟叽叽喳喳
>
> 还有稻草人熟悉的挥手
>
> 还有乡亲低低的抽泣
>
> 多么温暖，多么亲切
>
> ——《伤离别》

"倮倮的诗歌就像熟透的水果，外表光鲜，可轻轻一碰就是一个伤

口。它有着作者真实的体验，又有对生活结晶般的概括和航标灯似的牵引，同时它又是美和抒情的。"①在一个思想缺失的年代，他还在思想；在一个不需要责任的时候，他却满怀关怀。透过那些俏皮甚至嬉皮的诗歌外衣，俫俫的诗歌让我们看到了忧虑和挽留。忧虑是对现实的反省和质疑，挽留是对正在消失的人性中美好品质的怀念和坚守。

在物质世界的阳光中游走的诗人们，并没有志得意满，他们的内心里似乎氤氲着在物质里游走的孤独，于是要用诗歌"记录自己和这个时代的蹩脚和美好"②。这是诗人的境界，也是一个诗人的道德感、责任感。诗人马拉对世俗生活的专注很大程度来自于自省和内视力。他的笔触深深地落入生活的细部，语言节制而平缓、睿智而淡定，抒写着深邃而并不复杂的人生感悟。马拉的诗具有独特的抒情气质，诗歌中散发出来的气味异常迷人：

> 我做过很多错事，但并不后悔
>
> 我看见高楼，如同看见溪水
>
> 有人走过，吹着口哨
>
> 还有人说：阳光真好
>
> 适合旅行、恋爱，在草地上坐下
>
> 这些美好的事，我经历的不多
>
> 但我也不愿意说痛苦
>
> 我从未真正理解过痛苦

---

① 李犁：《用诗歌给灵魂放风》，《其实我们都是风唱出的歌》，桂林：广西师范大学出版社 2011 年版。
② 李犁：《用诗歌给灵魂放风》，《其实我们都是风唱出的歌》，桂林：广西师范大学出版社 2011 年版。

我看过路上行色匆匆的人

肥胖、盲目，像一台机器

——指南针在哪里？

我的心是一块磁铁

沾满黑色的粉尘，琐碎而坚固

我的世界在梦中睡着

而你醒着，我说：

你有你干净的水晶

我有我生锈的铁钉

——马拉《白日梦》

不求深刻叵测，但求情真意切，马拉的诗抒情明朗清新，多能捕捉一二鲜明意象，主体情思又蕴于其间，不动声色。评论家荣光启曾评论其诗歌"有时尚之风，有情爱之韵，有情欲之魅，有现代人之疲累，有才子之哀伤，有农人之悲悯，以口语之平实道主体于世代之感喟想象，以短诗之体式状一时之情感经验，不求思想之高深，不求写作之难度，亦为今之诗歌写作一范式"①，这与他多愁善感的性格和对语言的迷恋不谋而合，其想象往往浪漫，具有适度的理想主义色彩，能于平常中写出世人之悲欢。

在中山诗人中，身份比较特殊的是刘春潮，他是画家中以诗人身份出现的一个。事实上，艺术总有共通之处，艺术之间的彼此交流靠的就是这种通感，所以对于一个一边写诗一边作画的人来说，写诗与作画

---

① 荣光启、吴霞：《"南国有佳人"——读中山六位诗人的诗》，《诗歌月刊》2009 年第 7 期。

并不矛盾，反而相互促进。从澜沧江畔到岐江河边，得天独厚的条件给了刘春潮更多的艺术空间和灵感，空间想象力加上独特的视角，使他的诗歌总有异于常人的表达。"这就是一张空椅子／没有人坐的时候／它被四面墙包围着／像一座孤零零的岛屿"（《空椅子》）。在和父亲的对话中，他写道："面对一盆灰烬／父亲和我的夜话／像空中渐渐暗淡的烟花／他安详地躺在摇椅上／手中的酒瓶滑落一旁／嘴角露出难得一见的微笑／我把外衣轻轻盖在他身上／希望父亲就这样睡去／永远都不要醒来。"《事实如此》《他拖动椅子的声音一直到天亮》，春潮的很多诗都有一种写实和"冷抒情"的味道。

"刘春潮的诗一般不长，多为短句，他在追求像警句一样的诗，这种警句式的语言碰撞内心，所产生什么样的效果，每个读者都有不一样的理解。他的诗还有一个明显的特点，粗，但富有质感。……尽管如此，但不可否认一点，刘春潮的创造性总是在不经意之间。"[①]他的诗歌挟新生之气，在我们面前掠过……

钢笔一支

白纸数张

一日 n 次

温血服下

——《诗人处方》

情感永远是诗歌中的最高品质，他的家庭组诗中流露出他对父亲、

---

① 符马活：《刘春潮诗歌中柔软的一面》，符马活博客，http://blog.sina.com.cn/fumahuo。

母亲、妻子、女儿的情感。诗歌告诉我们，愤世嫉俗之下的他还是一个重视家庭生活的性情中人，诗歌从某个角度泄露了表象之下他的中山生活。刘春潮自诩为"一个用诗歌理疗的人"，"面对生活的重压，我们的精神很容易失去重心和生病。这个时候，我们需要调整和治疗，诗歌之于他，更像药——救治心灵的药。……但至少说明一点，那就是刘春潮和千千万万的写作者一样，在心灵深处都渴望有一个健康的诗意的栖息"。①

综观以上诗歌作品，中山诗人群体在"中山"这样一个城市的大背景之下生活着、寻找着——寻找男女之爱、人生之爱、家国之爱。在诗歌这个微观的精神世界，似乎到处都充满了爱的施予，但现实中的爱依然是稀缺的，易碎的。"这些诗人所谓的'诗歌觉醒术'对他（我们）所置身的世界真的有效吗？当我们本不牢固的精神图谱被各种闪烁的物料吞噬之后，这当然是一个无解的问题。"② 但我们可以确定的是，通过这些诗人们"对外部世界的描摹（观察、情感建构、批判），到对自我内心世界的审视（成长过后的精神属性，'我'的归位）"，随着中国整个社会、经济、文化环境的裂变，其实不止一代人的书写经历了无数次精神蜕变的过程，这一过程的确充斥着"时代烟尘对个体经验的挟持"，但也有自省与反思，且并不妨碍诗人们对自我及他人的城市生活与情感经历的执着吟咏和感叹。这种诗性的抒写，梦想有时，喧嚣有时，温暖有时，伤痛有时，善良有时，伪装有时，穷尽有时，局促有时……既有"城中的人"，也有"人中的城"，两条平行线交相辉映。

正如世宾在评论中山诗歌的时候所说："中山诗歌像广东诗歌一样，

---

① 杨克：《他为什么要感谢水》，《中山日报》，2010 年 2 月 6 日。
② 谢湘南：《从被比喻的诗行中出走》，《中山商报》，2011 年 4 月 19 日。

特点是多元，全国各地的诗歌创作现象与流派在广东和中山都有呈现。中山诗歌对于现代性的实践已达到自觉的程度。目前，中国诗学乃至整个世界的诗学都处在一个变化中，对各地诗歌创作活动都产生影响。中山诗人也自觉进行探索，其创作活动对传统的诗歌有所突破，这是诗歌创作的活力所在。"

散文里的中山

散文中的中山形象

　　散文是人类精神生命的最直接的语言文字形式。散文形式与我们生命中的感觉、理智和情感生活所具有的动态形式处于同构状态。散文的内涵，源于个体精神的丰富性。散文是精神解放的产物，也是一种特殊的存在。有人认为她给我们一种感官的享受，使我们在美的语言营建的花园里徜徉；同时，它也将问题遮蔽（深置其中）起来，使之变得更加深沉、冷峻。我们时常这样认为，如果说诗歌面对神和天空，那么散文就是面对大地和事实。散文一开始便同历史、哲学集合在一起，诗歌则始终与音乐相纠缠。散文本属陈述，希腊人称散文为"口语著述"，罗马人称"无拘束的陈述"；诗歌却规避陈述，总是设法在事实面前跳跃而过。节奏和韵律于散文是内在的，却构成为诗歌的外部形象。就真实性而言，散文是反诗歌的，自然，同样也是反小说和反戏剧的。

　　原北京大学中国文学研究所所长、北京市作家协会副主席、著名诗评家谢冕教授在评论中山作家的散文作品《春风不相识》时，谈到散文时说，散文"好写，也难写"。他说这是由于散文有一副"散文"的面孔，"散"易于引起错觉，以为是和严整相对的。有些散文又叫"随笔"，那随笔也有一副面孔，"随"也易于引起"随意而为"的误解。一般都以为写散文是很容易的，其实大谬不然。的确，散文之难，在于"散"。它是在貌似随意、散漫之中，有着内在的整饬。"其实为文也如为人，表里如一的严肃和表里如一的潇洒，都容易，难的却是内里紧张而又出以松弛。小说、诗、戏剧文学这些文体，大体上都有明确的范定，而散文则无。散文是无章可循的。"也就是说，散文精神对于散文的第一要求就是现实性。唯有现实的东西才是真实可感的。"在诸种文体中，散文去离虚构最远。它最无遮蔽（小说有情节和任务的遮蔽，诗有想象和'灵感'的遮蔽），散文是裸露的。"①

那么，我们研究当代散文中的中山形象，应当有最直接的情感和最近距离的发现。有人说，当今中山的散文可谓"横看成岭侧成峰"，众说纷纭，但总而言之，基本上都是踏在坚实的土地上，表达出来的都是现实中非常人性化的、充满柔软质感的中山形象。在这一领域具有代表性的，古典辞赋类有陈新平和刘斯翰的《中山赋》、余菊庵《题跋四则》、柏盈的《长洲行》；名家随笔类有黄苗子的《青灯琐忆》、方成的《从阮玲玉说到左步头》、刘逸生《故乡的回忆》、古元的《我的创作经验》；历史类散文有刘居上的《中山采风录》、丘树宏的《香山寻梦》《人文中山》、郑集思的《咸淡伶仃洋》、胡波的《仰望孙中山》、冯谦的《香山出了个孙中山》；生活趣记类的有郑集思的《失衡的舞台——濠头村旧事之一》、吴从垠的《五桂山里客家人》、大海的《到中国东升吃脆肉鲩去》；地域描写类有林凤群的《太平路风景》、李炳芬的《喜小榄镇志成集》、春陆的《岐江河畔风光好》、梁凤梅的《飞地》、于芝春的《岐江河从城

市流过》、王晓波的《烟墩山拾级》、陈贤庆的《浮虚山三记》、黄祖悦的《中山美食》等，不是颇具浓郁地域特色、别有岭南风情，就是充满生活气息与个人情感，虽不是专为城市和名人树碑立传，却是城市某个历史层面的传神写照，一个个生动图景跃然纸上，以小见大，内里乾坤，令人过目不忘。

世人是喜爱附会的，如果不是千百年来文人骚客的渲染，那个桨声灯影里的秦淮河而今安在？如果不是苏童对南方香椿树街的深情描述，就不会有人们对于江南情调的浓郁印象，今日的武汉甚至会因池莉的文字而发生着某种微妙的变化……而对中山进行吟唱的散文，不同的作者有不同的角度，如摄影师般以点、面、线、光、影等各种方式去捕捉一种格调，捕捉这个城市的态度，捕捉中山这个城市骨子里的特殊性，并试图在灵魂上与之产生共鸣。他们或抓住中山的"型"，或抓住中山的"格"，或抓住中山的"魂"，总而言之，中山散文创作的百家争鸣的局面，也是中山的文学形象不断趋于丰富、立体、饱满的过程。

大师黄苗子的《青灯琐忆》，里面的中山故土给人的感觉就很别致，像是立于繁华现代中远远望去，过去的时光带着那么一丁点儿旧，一份温暖的世俗和一种既无奈又有趣的迂。以下摘取的其中一段文字，给这种感觉一个溯源的依据：

　　　姑妈的名字，我家没有一个后辈知道，都只叫"四姑妈"，她年轻时嫁到城里钱家，离我家不算太远，丈夫很早就死去，她分了一份不多的田产，当了一辈子的寡妇，住在钱宅内的一厅一房里。买个丫头叫旺喜，旺喜狡狯贪馋，姑妈对她束手无策，只是整天向她唠叨。除了拜观音菩萨之外，唯一排遣日子的是骂旺喜。因为太寂寞，有时把我领到她家住几天，我喜欢坐在她那红木圆桌底下当"大总统"（四姑妈说，"大总统"是什么"伟人"，就叫我坐在桌底下的"宝座"上"当"起来）。晚上临睡，在四姑妈床上看她下了帐子，点个小方铁灯烧蚊子，蚊子一经设有玻璃那一面罩住，就在劫难逃了。四姑妈迷信观音菩萨。用纸剪几个小人，把它们用香烟缸盖子盖在观音菩萨座子底下，她拜完了观音就用小棍敲那盖子几下，有时也叫我敲，她神秘地说："菩萨有灵。"这样一敲，坏人就倒霉，她相信袁世凯死、龙济光下台，都是她这种"禁咒术"的功效。

中山到现在为止，还有很多古香古色的房子，中山人民也多保留着这种烧香、"拜观音"的传统宗教仪式。但是，也正如黄苗子笔下的四姑妈一样，那是一种对于美好愿望的寄托，是民间最质朴最真实的信仰。其实"故土"在远走他乡的人心头并无二致，永远都萦绕着这种"低头思故乡"的情怀。很多家长里短的事情，在今天的中山人看来，都变得如此有趣，中山老一辈居民的乡土人情也由此跃然纸上。

中山籍著名漫画家方成的《从阮玲玉说到左步头》中更是这样一种"乡音无改鬓毛衰"的深深的眷恋之情：

我家长期住在北京，孩子们自然说北京话，可一进家门，就像进了左步头村那样，讲话一片南朗腔。南朗话在中山县里，隔几里地的人就听不懂，更不用说县城石岐和广州了。左步头村在孙中山先生的翠亨村之北，离澳门很近。村里的财主想捞点横财，就到澳门去赌，然后被剥光了回来。我们有时跑到离村不远的鸡头角山上玩，那里能看到海，海水是黄色的。

村子离南朗墟步行约半小时，墟日十分热闹，做的点心饼食比北京点心好吃得多。那时父亲从北京汇钱来，取钱记得是在一家南货铺，不是邮局。公共汽车站在墟外，往澳门送赌注的人们就在这里上车。

开头一句"可一进家门，就像进了左步头村那样，讲话一片南朗腔"，就让人心里一热；再有一句"做的点心饼食比北京点心好吃得多"，情感在不知不觉中又加深一层，不只是事实那么简单，乡愁那点事儿在点心里都吃得到。

郑集思的《咸淡伶仃洋》，则通过水文化表达出对家乡一种更彻骨的情感体验，感悟伤怀，有现场感，令人信服：

> 咸水给人的是宽阔感，淡水给人的是亲切感，在田里劳作时这些感觉就在身边萌生。割稻子或剥蔗壳累了，坐在田埂上休息一下，拿起椰子壳就着黑乎乎的瓦埕盛一口水喝，虽然加上了龙眼叶作茶叶，依旧无法盖得住近海河水的咸涩味。割的稻子叫"挣稿"，是一种耐淹耐咸的品种，一年才一熟，潮水一来，高高的禾秆撑着一串串黄澄澄的谷粒在水面上挣扎，人们泡在齐腰深的水中挥镰，上得岸来，太阳把背上的水珠烤干，只剩下一层薄薄的白盐霜铺在身上，腌得皮肤发痛，而在邻近村子靠江河水灌溉的"民田"就不同了，稻子一年两熟，捧一口水喝也是甜滋滋爽喉的。①

---

① 郑集思：《咸淡伶仃洋》，《一方丰美的水土：新世纪 10 年中山美文选》，广州：暨南大学出版社 2011 年版，第 27 页。

在此，水域的咸淡对比，简单明了地凸显了地域的特征与文化的背景之分，农作物、咸淡水、人世艰辛、人情冷暖由此一一铺陈，在同一旋律里以不同的节奏先后呈现，读者对于这片土地的情感就这样被调动起来。

丘树宏在他的《香山寻梦》开篇流露出一种别样的情怀，令人有意外的阅读感受。在他的散文中，那样一份淡淡的感伤，是与其诗歌中意气风发的格调相映成趣的：

> 不知不觉地，我与香山的缘分是越来越深了。然而随着缘分的加深，心里却对香山越发地有一种迷茫、失落，甚至是伤心的感觉。

这到底是一种"不识庐山真面目，只缘身在此山中"的困惑，抑或"犹抱琵琶半遮面"的美感，不得而知，但对"香山"情分的加深是毫无疑问的了，因为常识告诉我们，对什么东西越重视就越容易在心里产生不确定感，遗憾也是一种美的感受。

> 而那些很少被人留意到的，可能就是折射在每一个最世俗的角落里：它应该更日常、更深刻、更特征、更细节、更灵魂，可抚可摸可感可知，它是点点滴滴的烟火人气，甚至就是劈头盖脸的俗气，这样说似乎还是太宽泛太模糊了，再具体一些，那可能就是这里干净节制的城市建筑，像下午茶一样生活的市民，装修精致的小咖啡馆，时间沉淀下来的巷弄，热热闹闹的墟市……或其他这一类不需借助太多想象力的东西。这里

的历史要比周边不少地方悠长许多，这就决定了这个城市的表情绝不单一，有着许多耐人寻味的内容。

——《我们这个城市的表情》

通过对中山这些生活气息的描写，作者缓缓地为我们打开了一幅活灵活现的中山日常生活画卷，道出了中山改革开放三十多年以来的发展与变化，更是将中山市民那种带一点市井气息、热闹又闲适的生活原汁原味地现于纸上。这是中山人民的"小"生活，是中山这座城市千百年积累下的骨子里的"俗气"。

众所周知，文学艺术的主题不过是周而复始的老生常谈，关键在于细节的变化，细节是否抓住是作品的关键。这使作家无法脱离细节，一个好的作家更是生活细节的偏爱者。如王安忆在上海描述中的弄堂，作为上海的一种特征是被人格化了的。从细节看城市文化有着深入的挖掘与比对：

"城市文化"对于中国人来说，是近二十来年才又慢慢开始恢复的一种知觉……这一概念的复苏令我们首先想到的就是北京、上海这样一些国内的大城市，当然也有像纽约、巴黎、东京等世界名城，城市风格早已十分成熟，他们的城市文化反而是非常易于概括的，一堵旧墙、一盏路灯、一爿庭院、一声口音、一件装饰，平地里就能构建起一个相当具体的纽约形象或者巴黎模子。而中山尽管有着悠悠的过往，可是那个残存在我们印象中的过往并不足以成为将来定位的唯一坐标，这座城市将来会怎么走？在我的私心里，还是希望她葆有着过往那种闲逸的调子，雅致的风格，这里应是市民们精神上的一个家、一张脸，不仅仅是城市硬件和规模指标的满足，更多是内里品质的雕琢和润饰，也不是简单的拿来主义，否则最怕的是"文章已经写好了，改都没法改了"。就像北京和桂林，正是20世纪的所谓"国际风格"在很大程度上抹杀了其自身特有的城市风格，让人有一种文化的失落感，让人疏远于它们的浮躁和变相了。

——《我们这个城市的表情》

对于生活在中山的作者来说，回忆是一次最温暖的旅程。幼时的阳光似乎还存留在她心底的柔软一角，又从她的笔底流泻出来，便有了这样沉淀着温暖的"中山形象"。

中山的创作群体中还有许多捕捉城市特殊符号的作品与作家，中山的城市风景也在这些作家的笔下屡次呈现。林凤群是中山土生土长的本土作家，写了《太平路风景》《长堤路记忆》《拱辰路寻梦》等一系列中山的人文故事。我们来看看她笔下的《永远的孙文中》：

孙文中是一条飘逸着白兰花幽香的路，如果你是坐车经过，就算闭着眼睛，凭着花香，你也会辨别出这里就是孙文中！

孙文中是一条紧接着孙文西东面的马路。少了孙文西那份熙熙攘攘的热闹，却多了一份小城的宁静和安逸，特别是路两旁栽满了的白兰花树，更是令这一条短短的马路多了一份令人留恋的神韵。白兰树栽下的年代已久，树长得高大挺拔，枝叶茂盛。每入初夏，白兰花就缀满了枝头，一阵清风吹过，熟透了的白兰花瓣就纷纷扬扬地落在地面。踩着一地象牙般洁白的花瓣走过，那一份感觉已经十分美妙，飘逸在风中的丝丝缕缕白兰花香更是令人陶醉。白兰花不止开在盛夏，就算到了秋冬时节，落剩在树上的花蕊也在散发着弥久的芳香；到了春天，缀满了枝头的花蕾更是暗香浮动，沁人心脾。①

林凤群以她"对中山的情感及在文学方面的勤奋、一份踏踏实实走自己路的勇气和善待生活的诚意"，将生活的点滴欢欣、无华细节，认认真真、朴朴实实地还原于纸上。她在《西郊记事》中，对岐江河的描写同样朴质真实：

> 从前，岐江河的水上交通颇为发达，行走于中山及珠三角河道的各种货船、客船等，都会从岐江河上经过，岐江桥是一道接连石岐东西两岸的桥梁，从来都与两岸的地面"平起平坐"，船只要经过，唯有"开桥"：将中间的部分桥梁用载重的船移开，让出一条航道让船只通过。……那时，中山还没有"外来人口"这个概念，桥头是很少听到普通话的，有的，只是浓浓的中山乡音在回荡。②

同样是岐江河，在中山的另一位女作家于芝春所写的《岐江河从城市流过》一文中，对其"型"与"魂"的把握却又是另一番滋味，有如下人性化的浪漫描述：

---

① 林凤群：《永远的孙文中》，《一方丰美的水土：新世纪10年中山美文选》，广州：暨南大学出版社2011年版，第226~227页。
② 林凤群：《西郊记事》，《一方丰美的水土：新世纪10年中山美文选》，广州：暨南大学出版社2011年版，第223~224页。

今夜，岐江河从城市流过。

你从城市流过，两岸的灯光五彩缤纷，水波倒映出梦境的温婉瑰丽，把你装扮得像一个妖媚的女子。

远处的渔火已远去，岸上是我，孤独的漫步，静静地倾听你的低语，解读那沉睡的秘密和醒着的真谛。

在此，作者还原了这样一幅城市的风景照：近处是夜幕低垂下静谧的岐江河，远处是灯火灿烂的繁华都市；耳畔只有风吹动江水的声音，又依稀仿佛听到闹市的喧哗；历史与摩登在这个城市交汇，时间带领着这个厚重的城市如岐江河水般轻快向前……

黄祖悦的《陈伯》一文则描述了她所居住的中山著名镇区五桂山怡人的自然风光：

五桂山被划定为生态保护区，这里，泠泠淙淙的山泉水，清甜可口，从不受咸潮的影响；这里，气候适宜，没有污染，适合几百种稀有树种安家落户；这里，一年四季鲜果不断，鸟语花香。因此，众多的人喜欢五桂山，已不足为奇。

当然，如果说到对中山的古往今来给予了一个最气势磅礴、浩浩荡荡的总述的，非陈新平和刘斯翰的《中山赋》莫属：

中山者，南国之古邑，百越之名区也。汉属番禺，晋为东宫，唐隶东莞，宋曰香山，以五桂山之飘香而名焉。及至民国，因孙中山丰功伟绩而名中山。

中山雄踞广东之中南，左傍江门之右壤。东毗伶仃，越珠江而及香港；南抵珠海，引澳门而蹈南洋。南国薰风，激越百代豪气；古邑温情，消息千年沧桑。但见尘埃拂尽，华彩弥彰；旧容未老，又袭新妆……

许多散文中的中山，旧时代与新时代好像往往是共存互存的两条平行线，这一点并不使人生疑，也不让人觉得生硬，那是一种特殊的存在，让每一个来客，带着一种期许的心情，在文字或在城市中的某一个转角，忽而就能找到时间的罅隙，一个转身就能自由地在时间与时代中穿行。

中山散文现状

在各种文学体裁越来越进入个体化写作的今天，散文以它独有的自由、宽泛与恣意的书写，获得了众多写作者的青睐。在中山创作团队中，散文写作者的规模可谓最为壮观，写作形式不拘一格，且整体写作水平相对较高。中山咸淡水交汇包容之地理，催生出相得益彰之中山特色的散文写作生态。

自改革开放以来，从《香山报》时代开始，以刘居上、郑集思、林凤群等为代表的中山本土作家，在散文创作的表现上就已经致力于开发浓郁的地方特色。他们的作品，在时代的背景之下各有特色，如刘居上的香山系列散文，内里有不少属于本土居民的乡俗俚语，既长知识，又富情趣；郑集思的乡土散文，兼具前者之妙，又有自我的文化观照；林凤群的写实性散文，对留在石岐人记忆中的生活点滴如数家珍。他们的散文写作，大都与他们土生土长的中山故土相关，记忆中留下的痕迹在他们的文字中复活，并且随着时代的变迁，又将一路走来的新思索、新感受寄寓其中，有一种历史的沧桑感。

在本地作者的基础之上，随着改革开放的移民大潮而来的创造者不断进入中山语境，中山以她交汇包容之地理胸怀，最大限度地接纳了来自五湖四海的寻梦者。自此，中山文学一反本土作家孤军奋战的局面，本土作家与外来作家并肩作战，使得中山文艺创作出现与珠三角其他地区一样的杂交优势，中山的散文写作呈现开放进取的新格局。大批外来写作者在中山开放包容的城市情怀中，一方面带来了新的气象，另一方面也从本地区吸取营养，使自身创作更趋成熟、茁壮成长，作品、专著如雨后春笋般涌现。在中山散文写作上，这些外来作家与本土作家一起，共同构筑了中山散文写作的勃勃生态。事实证明，单凭语言与技巧，再借助历史知识的堆积，站在城市回望乡村的苦难，散文写作就不再可能有新突破。散文写作必须向更深、更宽、更广的生活背景挖掘个人、历史与时代的经验，随着时代的变化获得更为自由与广阔的变化空间。

在中山作家群体中，大部分作者都曾尝试散文写作。从散文写作的发展与变革来看，中山的散文写作者亦能与时俱进，紧跟时代的步伐，呈现多样化状态。有质量，有梯队，有深度，也有广度，有时代特点，也有地方特色，形成了中山散文创作的缤纷色彩。有一种观点认为，中山已然形成了不同的创作风格与团队，如以丘树宏、郑集思、胡波为代表的文化名城走笔，以刘居上、林凤群、黄定光为代表的香山寻梦，以谭功才、杨昌祥、何中俊为代表的乡土回望，以林凤群、于芝春、杨彦华、二二、刘锦秀、张舒广、黄祖悦等人为代表的女性写作，这些不同风格的散文作品，形成了中山散文写作的多元化地貌。诗人、作家丘树宏对中山的散文创作及散文创作者谈到过自己的看法："余丛的散文具有诗化趋势，一方面是技巧上的纯熟，一方面是内容上的创新，犹如医生的手术刀，除了对各类社会现象进行无情的解剖之外，还体现了一个知识分子对自我灵魂的拷问与鞭策。"中山散文创作领域不乏杰出者、创新者，可谓各领风骚。

在《一方丰美的水土：新世纪 10 年中山美文选·序》中，廖红球这样描述："中山历来就是一座有使命的城市，游走在兴中道、孙文路、博爱路、中山路、民权路、民族路，徜徉于逸仙湖公园、兴中园、孙文公园、中山城，常有春风沐浴之感。"①

---

① 廖红球：《一方丰美的水土：新世纪 10 年中山美文选·序》，广州：暨南大学出版社 2011 年版。

小说中的中山叙事

中山是本地小说创作的一种文体策略

什么是小说？这似乎是个可笑的问题。教科书上有解释，很多人笔下写的就是小说。小说就是小说，"小子说话"，街谈巷议，讲个故事，讲个人物，讲一段经历，讲一些事件，或者别人的事，或者自己的事，把事情讲清楚了，把人物讲活了，使人娱乐了，使人有感受了，就是小说。不过，它是用形象说话，用有逻辑的情节和活灵活现的细节说话，它的发展有时出人意料，人的喜怒怨恨，事的是非曲直，社会上的各色人等，全是用具体的行为动作、心理活动和时空事件来述说的。小说之所以为小说，其实是个形式问题。小说是一个建筑，微型小说是微型建筑，短篇小说是小型建筑，中篇小说是中型建筑，长篇小说是大型建筑，超长篇、多部头小说是特大型、连续性建筑。从建筑学的角度看小说，我们就能比较清晰地看见小说的真实图景，也可以由此想象到小说这种特殊建筑是需要有方法的，要有蓝图，有技术，有一定的操作方法。只有技术没有蓝图不行，只有蓝图没有技术也不行，只有蓝图和技术而没有一定的操作方法还是不行。

按照现代叙述学的理论，小说叙述可分为讲述（telling)与显示（showing，又译"展示""呈现"等）两大类——讲述是人格化的、作者介入的、暴露叙述行为的；而显示是非人格化的、作者隐退的、隐藏叙述行为的。当然，还有不少先锋小说的文体策略是介入或不介入之间或之外的，难以概括。但无论是哪一种风格与策略，中山在本土小说创作的领域里，应当还是一个无法超脱的背景与语境。

虽然说小说创作是中山文学中的一个薄弱项，但是中山这块南方的热土，由于在天然的地理条件和长久的历史积淀等方面的优势，却深得作家们的喜爱，屡次被写入作品中，成为一个个故事发生的场景舞台。同时，中山的形象，也因为一本本小说的描写而显得更加的生动立体。

徐向东最近出版的小说《归者》，就将故事发生的地点设定在珠三角某市，主角之一的熊建安在归国后的一系列转变起始于参加了中山的"慈善万人行"，之后他在救赎中获得回归。

在大海的《铁轨上的爱情》中，有这样一段文字，对于故事发生的背景进行了详细的描述：

> 男孩居住的城市，有一座以工业题材为主的市政公园叫岐江公园……每到晚上，夜色柔托下，公园幽静而恬美。从公园入口往南延伸，有一条铺在白色鹅卵石上、两边长满杂草的铁轨，千来米长。这段不短的"火车道"，让这个不通火车城市的人们找到怀想火车的感觉。在这里，你总能看到一些人——大都是年轻情侣，张开两臂，一左一右，在铁轨上小心翼翼地行走，期望能走到尽头。

距离产生美，在大海笔下，我们看到了典型人物生活其中的活生生的典型环境——中山，一个好像不一样了的中山。环境作为一种形象跃然纸上，也仿佛一面镜子，折射出发生在我们身边的人和事。小说显现了大海观察生活的仔细入微、延伸故事的成熟到位，反映了大海在对社会现实生活深切关注的同时，笔下散发出来的良知与责任。的确，一部作品就是作家审美总识的物化形态，作家的审美欲望、审美趣味、审美理想以艺术化的形式呈现于作品当中。作者用"空灵轻柔凄婉绵长的言语"，描写了情感冲突时人物赖以生存的故事背景，随着人物意识的流动，从而将"幽幽怨怨的性情、男女心理刻画得分毫毕现"①。涉猎了广阔的生活场景，为大海的小说创作提供了源源不断的素材，也为中山形象在小说中的建构与延伸又一次提供了文本支撑。

这被小说陌生化、艺术化了的中山，在小说《别拿爱情说事儿》里面也有呈现。

南方的春天带着任性的雾气又驾临了，刚刚还风和日丽，转眼便下起了多情的雨。梅雨时节里，每一个角落都湿腻腻的，像情人痴缠不清的眼泪，温柔却不爽快。在一个梅雨怅惘的晚上，邹潍泗懒洋洋的提不起劲儿，下了楼，在洒了雨的老街上走，看见雨雾织成灰色的网，铺天盖地地把万物都罩在里面，华灯初上也没了往日的喧嚣和闹热，纵有万千本领也不会有冲出网去的想法，只觉得心里软软的，想逃到某个有温暖灯光的窗口里去。

那是他们调到南方来的第一个年头，在自己温馨的小家

---

① 丘树宏：《走向成熟，写出收获——评大海小说的审美向度》，《中山日报》，2008 年 12 月 23 日。

里，做什么事说什么话都觉得满足，也觉得不过分。在这样灰蒙蒙的天气里，他们多数时间腻在屋子里，哪儿也不去，什么也不想，只做男女之事，要不就趴在窗格子上欣赏窗外的雨景，他们的日子懒散而自足，是一种四两拨千斤的幸福。改革开放之初建的楼，在雨天就立显它的不经推敲。可是他们不计较，爱中的男女是最宽宏大量的。他们家阳台上的水越积越多，屋子里到处都在滴水似的，他们却欢喜得不得了。

在改革开放后特殊的历史背景之下，南漂的知识分子们在中山这座南方的"围城"中发生着各式各样的故事。小说以中山作为一个特殊的背景舞台，连天气也散发着典型的南方情绪，故事的发生、发展始终围绕着珠三角自身的衍化。这样的生活背景与情绪在小说《生活就像一所房子》中作为一种承接再次粉墨登场：

> 那个晚上，我们站在湖边的山径上，看到我们所居住的那个城市，仿若一片空城，整个世界都熄灭了，只有几星灯火尚在闪闪烁烁，呼应着两朵灵魂的燃烧与绽放。雨还在淅淅沥沥地下着，可我们仿佛是这个世界的孤儿，与其他人没有任何的关系，只有对方的存在，我们在对方的瞳孔里看见了自己。

小说中的人生与现实无异，大抵都是做客于世——"谁也不是这世界的主人，所以不如意事十有八九，一路走来，终不免一身客尘，有些洗得掉，有些却如影随形，仿似掌纹般随身，再也洗刷不去。那些记忆与情致，若用文字记录，喜悦如映眼前，哀伤却往往淡然。这些回忆如落英缤纷，在小说中暗涌，可终是暗涌，可发可收，情绪未及倾泻，便化作淡然优雅"①——这怕是时光的功劳，同时也是中山这座静泊之城的功劳。

在郑集思的散文体小说《失衡的舞台——濠头村旧事之一》里，中山就不仅仅是一个小小的背景与舞台了，中山直接参与到故事之中，也可以说它简直就是故事本身。作者将"濠头村"作为一个重要的角色，铺排进文字中，铺排进许许多多人的命运中，任由其起伏跌宕。同时，作者也借由这样一个角色，对自己曾经生活过的市井乡里进行真切切活生生的感受抒发：

> 我离开濠头快三十年了。老何仔呢，在哪里？那把小提琴可还在身边？现在拉的《梁山伯与祝英台》，在悲怆中该少了命运的无奈而多了对历史的反思，少了随风摆絮的柔弱多了冲击堆叠的沉雄？估计郑氏夫妇也早已落实政策回广州城了，估计再上了一段时间的舞台之后现在也退休了，或许今天的平衡没这么难了，可谁又能保证呢？毕竟进入了信息时代，整个生活舞台的背景、灯光、道具、音响全变了，乃至编剧、导演、观众都不同了。我和他们虽不是朋友，连名字都不知道，可我记得他们。

小说的魅力之处，在于作家笔下的每一个人都是属魂的，他们的灵魂随着作家的想象而成了可以传达真实记忆的载体。每一个人在自己的人生道路上，孤独、压抑、忧伤、困惑不可避免，不论生命进程中的哪种反作用力，在面临危机的场域里或者作家企图通过文学的叙事去了解

---

① 叶克飞：《客尘，拂了一身还满》，《中山商报》，2011 年 10 月 18 日。

的虚构里，可能都无法获得完美解决。而那些无法抵达的生命困惑与边界，只能让它回到每一个人物的内心，回到作家笔下那些个充实的生活背景之中，回到那种真实的保持着鲜活气息的故事中去。

中山最具有代表性的小说家马拉，在其小说《未完成的肖像》的后半段中，将人物的命运放在一个南方城市，不能不说是他在中山生活的经验的再现。《死于河畔》是围绕一个家族记忆的回放与裂变，"马拉正以他的想象与敏锐打量着每一个缓缓地从他笔下走过的人物，同时，他也在叙述的冒险中遭遇了令人伤感的疼痛"[1]。在此，作者好像没有直接将中山植入写作之中，但细心的话可以发现，其中也有一个"中山经验"的替代或者说近似背景的出现。书中的鹿辰光从走马镇逃到广州，又从广州逃到中国的大江南北，他的这种逃避方式是一种放弃，只想为自己留一份清静，最后他回到广州开了一家酒吧。然而，喧嚣并不会因为他的放弃就离他而去，祖先的罪恶需要他来替赎，这是他无法逃避的宿命。于是我们看到，小说结尾所描写的"南方"背景之下的他，看似是一种久违的轻松解脱，实则是一种苦难循环的开始：

> 走在街上，大中午的街上阳光灿烂，鹿辰光却没有觉得温暖。他的内心有一个巨大的空洞，带着他，不断的下沉，下沉。他的肩上象是背着一座大山，步子缓慢，腰也是弯着的。他的手机响了起来，是一个陌生的号码，鹿辰光看了一眼，掐掉电话，将手机卡取出，掰成两半。他想去一个地方，一个没有人可以找到的地方。

---

① 刘波：《倾听家族历史的回声——〈死于河畔〉阅读札记》，刘波博客，http://blog.sina.com.cn/liubowenzhang。

通常，一部家族的历史会从很多方面反映一段社会的历史，它所折射出的对于社会整体的描述也完全契合了家族的那一段段生活现实。从清末民初到新中国成立时期，从"文革"时期到世纪之交，这一百多年的历史在鹿辰光的记忆里就如同一幕幕清晰的画面，呈现出了混乱年代里的鲜活记忆。三代家族男人的成长与生活历史，神秘而充满传奇色彩。在此，"我们根本无法觉察到所谓的荒谬，它们都是真实的现实，不管是作家的想象还是路人的道听途说，都是家族的记忆之树在鹿氏后代人眼中的投影"①。而故事的背景"走马镇"是一个虚构的地方，还有我们熟悉的"广州"，从中多多少少还是可以找到中山生活对作者的影响。艺术来源于生活，通过一些影子、一些细枝末节，作者利用那些"类中山"的热气腾腾的南方生活的经验、细节，来展现我们日常生活里的那种"温柔的暴力"②与人物内心的纠结错乱。

中山小说创作现状

进入新世纪以来，中山的小说创作进入了一个相对鼎盛的时期，并且作品呈现出多元的风格和属性，主要表现为：各位小说作者在现实主义精神的烛照下，呈现出后现代、现代主义、新写实及传统现实主义等多种写作途径，从而构成了中山小说创作的斑斓镜像。在此镜像的映照下，营造出了中山多种小说创作并存的良性文学生态。在此基础上，本地创作努力实现了作家与作家之间在创作经验和技术上沟通的可能性。

---

① 刘波：《倾听家族历史的回声——〈死于河畔〉阅读札记》，刘波博客，http://blog.sina.com.cn/liubowenzhang。

② 张执浩：《温柔的暴力》，《武汉晚报》，2010 年 6 月 23 日。

正是基于中山小说作家们共同的努力，新时期中山小说作家中有了林荣芝、李容焕、郑集思、马拉、黄学礼、大海、子抗、张曙、杨彦华、杨福喜、杨昌祥、蒋玉巧、田夫、熊斌华一大批的新老作者。虽然从作者群组成人员的结构层面来看，写作路数以及成熟程度各不相同，但近十年来中山小说在创作、发表、出版三个方面均呈现出持续上扬的趋势则属不争的事实。在这批作者中，一些成熟于诗歌、散文领域的创作者，也开始在小说领域牛刀小试。张曙作为一位经济战线上的领导，在业余时间写出了洋洋洒洒三十多万字的长篇小说《天堂山》，以客家地区为背景，描画出一幅情与爱的历史长卷。老作者李容焕、刘居上、李文光、杨伯钜、李国元、李代高等，也不甘寂寞，分别创作出《嫁》《贿虎》《虎口拔牙》《斗鬼记》《山花烂漫映心红》《失灵的信息》等一批小说作品。诗人兼记者黄廉捷创作的小说《淡淡的沉默》和长篇小说《爱情转了弯》，表达了一种现实生活中的思考，学院小说系列《别拿爱情说事儿》（上、下）、《生活就像一所房子》先后在《作品》头条发表或推介刊登，配以专家专文评论，并被收入《广东中短篇小说精选（2007—2008)》和南方微电影网络平台。

当然，不可不提的是以下几位重要的青年小说作者：

马拉是中山屡屡获奖的一位小说实力派作者，自 2006 年至今，他在《大家》《山花》《青年文学》《江南》《上海文学》《作品》等刊物发表中短篇小说 20 余篇，约 40 万字。2006 年在《江南》长篇小说专号发表长篇小说《死于河畔》，2009 年创作完成长篇小说《未完成的肖像》，获"红豆·超人杯"长篇小说奖二等奖，并有短篇小说入选《新实力华语作家作品十年选》《天涯 10 周年作品精选》等选本。张执浩曾这样评价过木知力："在一个物欲横流的时代，置身于商业化最前沿的广东，我敢说李智勇（木知力）一直在操守着文学的某种底线，惟其如此，尽管他业已发表了不少的作品，可始终没有'大红大紫'起来。如同我在前文所说，这个长得高高大大的青年至今没有摆脱'男孩'气：不谙文坛内幕疑云，只专注于自我的内心感受。在想象力逐渐离我们的小说远去时，在更多的作家都在迫不及待地回归现实，与生活平起平坐时，在小说家们被利益逼回到世俗的现实时，马拉（木知力）却反其道而行之，让小说重新回到了想象的艺术世界中来，不再为被动地照搬现实的生活而困惑，从而在扩大想象力的视野上让小说重新回归到了开阔的人性领域。"①由此可见，木知力的小说创作能力在业界受到的赞誉在本地创作中是最有代表性的。

大海的小说散见于《南方文学》《作品》《广西文学》《小说月刊》《羊城晚报》等报纸杂志，除三十多篇中短篇小说外，另有小小说近三百篇，多篇作品被收入各种选本，因复杂的工作生活而致近期的创作沉寂。大海的小说呈现两条性格迥异、棱角鲜明的主线，社会类小说狂放不羁、谐趣犀利，情感类小说言语柔美、忧伤绵延。2008年，大海创作的中篇小说《千万别叫我科长》（原载《芒种》）、短篇小说《杀猪的老陈》（原载《作品》）被《小说选刊》点评。2009年，大海的小小说多次被《小小说选刊》《文学报·微型小说选报》转载，此前另有作品被《广东小说精选》收录。

何腾江主要致力于儿童文学的创作，于大学时代完成长篇小说《追梦时代》后，近期有小小说《回家》《落笔无悔》《学费》等一批发表在《东方少年》等报刊。

黄学礼，笔名礼谏，曾为广东省文学院第二届签约作家，曾由花城出版社出版个人中短篇小说集《大学四年》，著有长篇小说《每条街都有

---

① 张执浩：《温柔的暴力》，《武汉晚报》，2010年6月23日。

它的哲学》，近年来在《南方日报》《羊城晚报》《小说月刊》《作品》《小说林》等国家、省、市级刊物发表中短篇小说、电影剧本一百多万字，还根据自己创作的小说改编电影剧本《飘飞吧，青春》，参与中山本土电影《古镇情缘》的创作。

2013 年年底出版的《中山小说 12 家》，选编了近 10 年来的一些中山小说代表作，基本概括了目前中山小说创作的总体状态：马拉的《雁鸣关》、阮波的《生活就像一所房子》、子抗的《寂静的中午》、张曙的《天堂山》、林荣芝的《棋道》、李容焕的《斗酒》、黄学礼的《死期未到》、大海的《目光越拉越长》、杨彦华的《地狱使者》、杨福喜的《终点站》、杨昌祥的《屋后有一片芭蕉林》、蒋玉巧的《鼻疾》等，在此，形成一个中山地域性小说的创作团队，代表着本地老中青三代作家的基本面貌，以斑窥豹地展现了中山小说目前创作的高度。还有《寡妇渡》《明天继续开会》《屋后有一片芭蕉林》等作品，注重人物塑造与情节设置，有些还具备乡土文学作品的表现特征。以上小说作品，先后发表在国内的《人民日报》《小说月刊》《作品》《小说界》《羊城晚报》《芙蓉》《民族文学》《作品》等报刊上。

中山小说方面的作品，大部分集中地运用了现实主义的手法，也有一些现代派技法的融入。作家们对生活中的真实人物加以描摹，以真实生活中发生的人、事、物作为蓝本，将真实的生活作为作品的着力点，反映出创作主体与客观现实的统一性。相对于诗歌、散文创作，中山的小说创作稍显滞后，创作层次与人才也有待进一步提升与挖掘，但在近几年的创作摸索中还是有一些踏踏实实的写作在全国及省内产生了一定的影响。

文艺批评中文化意味的升腾

中山文艺批评概貌

　　未来中山文艺的发展在很大程度上将有赖于文艺批评的推动。首先，中山文艺批评家要关注本土文艺家及其文艺作品；其次，文艺批评家要选准研究对象，做一个幕后推手，通过关注、评论其作品，推介宣传文艺家，同时为文艺家指引文艺创作方向。中山的文艺创作和文艺评论是相辅相成的紧密关系。在本地的专家看来，目前中山的文艺创作与文艺批评都存在"五多五少"的现象：一是活动多亮点少；二是作品多精品少；三是个性创作多主旋律少；四是被动多主动少；五是表扬多批评少。总而观之，目前的本地文艺批评有以下一些特点。

　　其一，团队扩充，宣传力度加大。在文学艺术领域，文艺批评有自身的发展规律，随着社会的进步和艺术的发展，随着新文学现象与潮流的频发，文艺批评也在调整自我、推陈出新。从文艺自身的特质来看，无论创作实践本身还是走向性问题，都需要理论与批评的指导。中山原本是县级市，升格为地级市也不过二十几年，尽管地域性的文艺活动不少，但文艺理论批评活动鲜见，有价值的批评论作实属凤毛麟角。在中国各种文化冲突的背景下，各路人马的参与，尤其是对本地高校这一长期从事文艺理论工作的人才聚集之地的延伸与开发，使近几年中山的文艺评论的水平得到大幅度的提升。而本土的创造者、研究者也没有停下文艺理论与文艺批评的创作步伐，使中山的文艺批评出现了令人耳目一新的局面。中山市文艺批评家协会成立于 2009 年 1 月 18 日，于 2014 年 2 月完成了第二届的换届工作，现有会员近 100 名，其中省级会员 5 名。五年来，协会编辑出版了中山市文艺评论集《艺境的追寻》，会员个人出版评论专著多部。协会致力于开展文艺研究、理论培训、文艺研讨会及相关社会服务工作：由广东省文艺批评家协会主办、中山市文艺批评家协会承办的"中山诗群作品研讨会"，由《中国作家》杂志社和广东省文艺批评家协会主办、中山市文联及中山市文艺批评家协会承办的"华侨华人文学作品研讨会"。此外还为舞蹈家朱东黎，作家郑万里、吴大勤、李智勇，戏剧家罗欣荣，摄影家梁厚祥等中山本土名家举办作品研讨会，涵盖文学艺术领域中的诗歌、小说、散文、摄影、戏剧、舞蹈等各个领域。这些活动有效地促进了中山文艺的进一步发展，活跃了中山的文艺批评与文艺创作气氛，填补了中山市文艺批评和研究的空白。

《中山日报》《文化中山》《香山文艺》《中山诗人》等报刊，每期都刊登一定篇幅的文艺评论文章，介绍新人新作等。文艺批评者承前启后、继往开来，构成了老、中、青文艺批评工作者队伍。其中一部分是作家、诗人等文艺创作的实践者，一部分则是主要从事文艺理论批评的专家、学者。目前活跃在中山文坛的主要理论批评工作者虽然队伍还不算庞大，但这支队伍进行文艺理论批评的知识结构、文化阅历、实战经验等方面还是具备一定优势，既有从事文艺理论、文艺历史和文艺批评工作的行家里手，也有从事美术、书法、音乐、舞蹈、曲艺、摄影、民间艺术和收藏等理论批评的专家。中山文艺评论家协会的成立，对建设中山区域特色的文艺批评具有重要的意义，也为文艺家之间交流、切磋艺术规律搭建了平台、提供了舞台。

其二，文艺理论批评在研究范围与发表层次上有所提升。文艺批评从局限本土，扩展到市外以至于全国，评论作品的发表从市一级刊物走向全省、全国，从普通文学刊物走向专业评论期刊甚至核心期刊，《文艺报》《人民日报·评论版》等都有本地评论家的作品。近年来，文艺评论活动比较活跃，中国作家协会、中国诗歌学会、广东省作家协会、广东省文艺批评家协会等国家、省文艺团体和协会，先后在北京、广州等地，主办中山诗人、作家的作品研讨会，如丘树宏诗歌研讨会、中山诗群创作现象、阮波作品研讨会，对推介中山创作、宣传中山城市文化起到了良好的作用。2014年开始，中山文艺评论家协会的新一届协会领导班子着手开展了各类文艺批评活动，先后举办打工文学研讨会、赵丽华诗画研讨会推介、俄罗斯大师画展推介、《味道中山》电视片研讨会、谭功才散文《鲍坪》研讨会，传媒报道频繁，社会影响巨大，得到各界认可。本地评论家受邀参加中国南方少数民族文学论坛、北京大学美学研讨会等活动，并积极接待联络各方同行领导，先后与谢冕、叶梅、邱华栋、刘川鄂、阮援朝、蒋述卓、杨克、郭小东、熊育群、陈剑晖、谢有顺等专家进行交流。市文艺评论家协会为进一步提高会员文艺理论写作水平，举办各类文艺理论讲座，并参与了青工作家培训班的工作，邀请省市专家、作家在电子科大中山学院进行讲座；组织会员针对本市各类文化现象写了系列评论，分别发表在中国作协《文艺报》《广东教育》《中山日报》《文化中山》等报刊。

其三，文艺批评专著的出版增加，形成系列。中山市文艺批评的写作者们，在全国重要报刊发表一系列的理论批评文章的同时，也在专著的写作、出版方面体现出可喜的研究实力。参与中山市市级研究项目成果《文艺作品中的百年中山社会》的 4 名研究者，系统地对中山文学的社会、文化、经济、民俗等方面进行全方位的诠释与评价，是近年具有代表性的著作。之前由市文联选编的文论集《艺境的追寻：中山文艺理论研究与批评文选》，选录了 57 位文艺批评作者的 82 篇文章，涉及理论、文学、美术、书法、音乐、舞蹈、曲艺、摄影、民间文艺、收藏等方面的批评。胡波等人写出了一系列评价当代中山作家、本土文化的评论文章及专著；本书作者的美学评论专著《返回身体的原点》《在身体与灵魂之间》，辑录了作者发表于《人民日报·评论版》《读书》《学术论坛》《南方文坛》《舞蹈》等国家核心期刊的文艺评论、美学杂谈数十篇；熊平有关中山的文化评论集《中山的忧郁》、余丛的文化杂谈《疑心录》等为中山文艺批评个人专集的写作留存了文本。

其四，中山文艺理论批评呈现了多元化的特点。不同的批评理念、批评方法、批评风格都先后进入当下本土的文艺批评语境。广泛流行于全球批评领域的种种思潮与方式，在此都有或多或少的呈现。各路作家的感性随笔式评论、专家学者的研究论文、知识分子的公知文化批评、民间文化的民俗研究等不同形式，与政治、历史、文化等社会内容到个体文本甚至少数民族文学、打工文学、乡土文学等主题的交融关注，形成目下中山评论界的总体氛围。

总而言之，中山市文艺批评在继续关注、评论、推介、宣传本土文艺家的同时，利用各项文艺理论培训和会员活动，进一步提高本地创作者的文艺理论水平和协会凝聚力。在未来几年里，中山的理论研究应加大力度继续推动本土的名产、名家、名作，举办一系列本土文化产业及拳头产品的研讨会，在省内甚至国内发表或出版具有影响的论文与研究论著。

文艺批评里的中山创作与形象

一、有关中山作家个人作品的点评

目前在有关中山的文学评论里，最主要的园地就是对中山本地创作的点评，其中当然主要体现在对本地作家作品的点评上。这里边既有本地作家互评的激情碰撞，也有国内外专家对本地作家点评的智慧闪光，通过众家之口，从各个方面剖析和探索中山文学创作者们更深层次更具内涵的内容，挖掘出中山文艺作品中更有价值的一面。

我们常说文如其人，文章与作者是密不可分的统一体，为文与为人的确有着极其微妙、千丝万缕的关联，在以下这些评论中，既有谈到作品，也不可避免地评论到作者的个性，由此丰富了我们对中山作家的认知，展示了中山创作的整体风采，这是建构中山文学的整体形象中一个不可或缺的组成部分。

中山市文联主席胡波在评价诗人丘树宏作品中"为事件作价值判断"之特质时谈到，作为中山的一名文化官员，丘树宏在其诗作中表达的普世情怀实际上是作者内在个性与工作方法的外现：

> 丘树宏的诗作，其心感天地与笔量春秋的背后，首先是一颗普世暖心的人本情怀。这种情怀以人文为圆心，丰富阅历为半径，一笔笔勾画生命图腾的圆。最好的见证就是，比如非典、南方雪灾、奥运、汶川等，以兴，以观，以群，以怨，丘树宏一直领跑在前面，人从不缺位，诗从不缺席。

> 中国改革开放的30年，在丘树宏的价值判断里，是深刻的变革，是值得大书特书的大交响。面对宏大的历史题材，诗人站在"民"与"国"的纬度考量，横截面取材，十个时刻辍

连成线，为民族展开了恢宏的壮丽画卷，激情豪迈的大家风范跃然纸上……十大乐章醒世吟诵既独立成章，又有机缔合；句式相对整齐，流畅押韵，朗朗上口，暗合丘树宏多年不变的诗歌审美：诗歌颂唱更便于普及，文化民众；发表在各地报刊的诗作要让人看得懂，看得有感觉，才对得起社会公共媒体和社会公共资源。

普世情怀的极致是以伦理的善趋归，以服务于社会大众、构建秩序井然的政治制度为价值理想的实践展开大道，以天地合德为普世价值的终极实践。丘树宏歌诗合为时而作，改革开放 30 年来里程碑式的事件和转折点，如安徽凤阳小岗村的分田到户、党的十一届三中全会、特区成立、小平南巡等，诗人以诗歌为载体，以记录历史为责任，记录了社会变革。此外，组诗切入现实是艺术性，而非政治表态讲声势，他讲究创造，每章均以寥寥数语勾勒时代背景，绽放事件的光芒，为抒情铺垫。更为可贵的是，十大交响中，诗人作为亲历者参与其中（而非官员身份凌驾其上），全景式见证中国的翻天覆地的巨变，是"我"和"你"的关系，是休戚相关的共在（而非有主客体之分）。①

而丘树宏在《走向成熟，写出收获——兼评大海小说的审美向度》一文中又是这样评价本地小说作家大海的：

---

① 胡波：《传承与超越：诗歌形与质的衍生——丘树宏诗歌浅论》，《中山文艺年鉴 2007—2009》，武汉：武汉出版社 2011 年版。

丰富的生活阅历之于作家而言，是一笔巨大的财富。从湘中大地走出来的大海，走过北方军营，走到南粤大地（中山）工作定居，农、工、商、军、知、仕，皆有涉猎，广阔的生活场景为大海的小说创作提供了源源不断的素材。写作是孤寂而艰辛的，大海不是专业作家，没有专门的创作时间，当许多人业余沉浸到玩乐之中时，大海默默无闻地拿起笔。庆幸的是，从著名的猛虎部队走出来的大海，发扬了军人的顽强作风，坚毅地挺了下来。从这里也可以看出，为什么那么多小说家是军人出身的了。[①]

从以上作品我们可以感觉到所谓"文人相轻"传统的消散，本地作家们通过彼此的互读、互评、互相欣赏，营造了一份惺惺相惜、和谐共融的创作气氛，同时也搭建了一个直接交流的批评平台。

颇具人气的评论家朵渔，在评余丛的《这点爱》时突出表达了自己对这位中山诗人的赞赏与理解，也谈到了诗人经过的中山经济社会演变中的历练与涅槃：

我知道他还在寻找另一种爱，一种基督般的普世之爱。在这个奉"丛林法则"为圭臬的时代，这种爱更加的稀缺。余丛曾游走于幕府衙门、官商之间，对这些规则了然于胸。他力图改变与突破，甚至不惜作一个自我人生的扳道工。余丛所寻找的，不仅仅是安身立命之所，也不仅仅是"放心"之境，而是

---

① 丘树宏：《走向成熟，写出收获——兼评大海小说的审美向度》，《中山日报》，2008 年 12 月 23 日。

综述篇：香山文化标志性成就的生成与传承　　183

充满爱与尊严的大道。但几年来的奔突与低昂，让他意气稍懈。谈何容易呢，"这点爱"犹不可解，人生的大问题也许只能慢慢来参。①

同样曾在中山生活过的符马活，其评论向来辛辣独到。他对刘春潮的诗歌批评在显现其心智力量的平衡与强大的同时，也表达了他对中山诗人的赞赏：

> 我不知道刘春潮的诗歌未来，我只关注他的现在，他现在所呈现的色彩，是暗藏着某种可能，这种可能也许跟他的后来的努力有关，也许跟他原本的天赋有关，也许跟他现在的执著有关，但不管如何，春潮的诗歌带来了一股新的气息，朝我们走来了……
>
> 刘春潮是我见过的诗人中最喜欢谈诗的一个，但每次我都不苟同他的看法。写诗和谈诗是两种不同境界的对比，显得没有意义。他谈得最多就是他最近又写了一首怎么样的诗，他会朗诵几句，他自己认为好得不能再好的句子，但我一般都会打击他，这对春潮来说，他的坚持又感染了我，他是内心上真心喜欢诗歌的人。……当我在读他的诗时，常常会被他一句话所打动，这就是能抵达内心深处的，被人称之为灵魂的东西。他的诗还有一个明显的特点，粗，但富有质感。从刘春潮的诗中看出，他内心的狂野，有一种气不可一世，但这种狂野又往往

---

① 朵渔：《这点爱，够干什么的》，《南方都市报》，2011 年 11 月 20 日。

能破坏一个诗人的沉淀。①

同样作为中山的作家，罗莲英在评论中山本土作家吴竞龙先生的时候这样说道：

　　作者将沉淀在中山文化历史长河中的遗珠碎片细心地拾捡起来，拭去泥沙，重新打磨，将其艺术地串成一体，汇成了这部集史学、文学于一体的三十多万字的洋洋大观之作。《流光碎影》的面世，为广大热衷于解读中山文化历史的读者提供了一部好书，也为中山的文学和史学宝库增添了一部精品。②

同时，她评论他的作品为："内容上有着强烈的地域特色，写的或是人所欲知而又鲜为人知的中山人中山事，或是到访中山的名人及其到访时留下的雪泥鸿爪……吴竞龙先生便以他优美的文笔，将这一段段历史佳话撰写成一篇篇优美文章并汇编成书出版发行，这真是中山文化历史的有幸，是广大读者的有幸。"

著名诗人、中国人民大学教授马德俊，在谈到本书作者的创作时也提到中山这样一个背景：

　　祖籍中山、长于桂林、学于北京的虹薰（阮波笔名），由于家庭的熏陶，其散文表现出很好的艺术功底，尤其在西方艺

---

① 符马活：《刘春潮诗歌中柔软的一面》，符马活博客，http://blog.sina.com.cn/fumahuo。

② 罗莲英：《那些能所欲知的中山人中山事——读吴竞龙先生新作〈流光碎影〉》，《中山日报》，2011年5月7日。

术史及音乐、舞蹈、美术等方面是有较深修养的。她的散文有着丰富的想象，也经常迸发出思想闪光，展示了她独特的心性和较强的思辨能力，文章因此显得有趣、有味。思想总是一篇文章中最永恒最有价值的东西之一，这种有趣的思想在文中有不少。

正如人们常说的"文如其人"，读她的散文，感到许多文章虽然是站在女子的立场来写的，但是却绝无胭脂气，更多的是个性化和思想深度的表现，她散文表现出的风格，正如她自己引用丹纳在《艺术哲学》中对伯罗奔尼撒半岛和地中海沿岸的描述一样，有一种爽直、疏朗的美。①

二、对中山整体创作的评论

对于中山作家群体的整体创作，广东省作家协会主席廖红球在《一方丰美的水土：新世纪 10 年中山美文选》中有自己个人的见解："这些美文（中山散文）之美，不仅体现在文笔美、境界美的有机统一，还体现于文学在网络时代坚持建构人类价值的意义要旨。"他对中山散文的"这种美"进行了深入分析，他认为一方面"来源于真诚写作之心。中山作家在火热生活中挖掘文学创作的丰富宝藏，汲取诗情画意和艺术灵感，从时代的进步中备受滋养，与当代人的精神情感共鸣，呈现出一种自由、朴素的写作状态，对文学既保持一种虔诚，又有一种轻松自在，在文学日益边缘化的严峻当下中，摒弃无意义写作，展现着文学坚守与突围的纯正本色。这种美，另一方面还来源于传承岭南文脉的坚定之行。中山

---

① 马德俊：《真善美的执著追求者》，《春风不相识》，北京：中国文联出版公司1999 年版。

作家充分发挥咸淡水交汇地的地缘优势和文化优势，在中外文化交往、交流、交融的过程中为新世纪岭南散文的拓展进行探索，在功利化与通俗化的创作潮水中坚持注入艺术追求的清流，使新思想、新事物、新名词与旧文字、旧词汇、旧语法在撞击中催生创新的可能性，在中外文化交流日益广泛、深刻、持久的环境中，也正在努力扩大着本土文化的辐射力和影响力"。他最后强调："中山散文多方面可圈可点：一是善于运用优美的汉语、优雅的汉语表达美好心灵和精神世界，追求语言的质地和诗情画意。二是善于把握民族性与世界性的平衡点，在文明、文化的传承中汲取艺术创作主题和母题，延续中华民族的精神追索，保持独立的文化品格，锻造富于个性的文学。三是善于挖掘人类共通的情感等永恒的主题，反映生命的本质、人类的生存状态与生存困境，表达理想主义、人文情怀、终极关怀，以其对生活的感悟温暖着读者的心灵，帮助人们在多元化的选择中找到一个合适的方向或目标。"①

说到对中山创作的整体评价，梁平那封颇具影响力的《一个命名的生成与确立的期待——给中山诗群的一封信》不可不提。其中谈到这两年对于中山本土甚至是整个广东乃至全国都比较火热的"中山诗群"现象，他对中山诗群中的三个方阵先给予了肯定与整体评价：

> 中山诗群在当下中国诗歌版图上已经有了它的名字。这些年，以"中山诗群"频频出现在报纸刊物上的诗人阵容与创作成果，越来越给这个带着地域符号的诗歌命名赋以整体的、鲜活的印记。而且，我们欣喜地看到这个群体的坚定与坚持，发展与壮大。前不久出版的《悠悠咸淡水——中山诗群白皮书》，

① 廖红球：《一方丰美的水土：新世纪 10 年中山美文选·序》，广州：暨南大学出版社 2011 年版。

把这个诗群 84 位诗人的 300 多首作品集中展示，一个渐渐清晰的概念呈现出来：以青年诗人余丛、符马活、木知力等为代表的具有现代意义的探索，以丘树宏、刘居上、李容焕等为代表的具有强烈社会担当意识的政治抒情，……诗歌创作是很个体的，甚至是很私密的，它可以有相近的风格，相互的影响，但是不能雷同，不能千人一面。"中山诗群"风格各异的三个方阵没有因为这样的"组织"而丧失自己的个性，没有相互排斥，而是风姿绰约，各领风骚，这是难能可贵的。这也是我看重"中山诗群"的理由。①

最为重要的是他专门提到了理论批评与地域性写作对于中山诗群的重要性：

　　一方面，对这个诗群的个体研究和整体考量都还显薄弱，缺乏诗歌理论上的支撑、指认和文本的解读，这样继续下去，无疑会导致这个群体只停留在符号的意义上，而不能落地生根。所以"中山诗群"尤其需要批评的跟进。与此相关联的另一方面，是"中山诗群"的创作，无论是先锋的还是传统的，作为群体的呈现，它应该有一个共同的方向感，即对自己地域的认同。有了方向感的认同，才不至于把这个诗群混同于别的诗群，才会更有效地在群体共性中张扬自己的个性。②

---

　　①　梁平：《一个命名的生成与确立的期待——给中山诗群的一封信》，中国作家网，http://www.chinawriter.com.cn。
　　②　梁平：《一个命名的生成与确立的期待——给中山诗群的一封信》，中国作家网，http://www.chinawriter.com.cn。

他之所以反复强调所谓的地域性写作的重要性是因为：

> 缺失了整体意识的群体是不存在的，也是不能恒久的。否则，今天"中山诗群"的诗人可以加入珠海、深圳，加入其他地域，成为其他地域或者群体的诗人。在我看来，如果仅仅是一个概念或者符号，这是格外值得警惕的。所幸"中山诗群"从命名到有今天的发展，一直注重这个问题，但我以为似乎还应该加强，使这个已基本成型的区域性诗歌群体能够在中国诗歌历史中占有一席之地。①

诗歌群体产生有其生态环境，它的形成有其历史、人文、现实的原因。人的思想与审美活动与生态环境有关系，从历史上看，孙中山、郑观应是我们挖掘不尽的历史资源；上海四大百货公司在商业史上非常有影响；现实生活里面，中山是充满变革的城市，拒绝平庸，新的思想不断涌现。经济的发展与诗歌的发展相辅相成，因为生活为诗歌提供了很多素材。他分析了中山的地理、历史、商业、建筑、人文等特征，对于中山的突出优势，有一个详尽的轮廓叙述、罗列与鼓舞人心的评价：

> 中山作为历史文化名城，有着其独特、深厚的文化积淀。同属于香山文化的中山、珠海、澳门三地同根同源，这是中国近代文化的重要源头，中山又是这一文化的发祥地。……以伟

---

① 梁平：《一个命名的生成与确立的期待——给中山诗群的一封信》，中国作家网，http://www.chinawriter.com.cn。

大的革命先行者孙中山为代表，包括郑观应、唐廷枢、唐绍仪、马应彪、郭乐、阮玲玉、吕文成以及当代文化名人等构成了中山的名人文化。而近代香山商业文化的主要代表以香山籍买办和华侨商人构成的商业文化，以及旅居海外的香山人长期与家乡互动，形成深厚的华侨文化。这无疑是中山的文化财富。中山的历史遗存也相当丰富，目前共有不可移动文物732处，历史建筑480处，各级非物质遗产17项。长洲醉龙，翠亨村被国家命名为"国家历史文化名村"。自香山县建城之初，古城（铁城）与烟墩山和石岐河之间，以孙文西路为纽带，形成"山、水、城"的空间格局；孙文西路、凤鸣路、太平路、民生路承载的历史记忆，以及清末民初具有典型的"南洋"风格的建筑群，而这些，无不与中山商业、革命、文化等历史名人的相关活动紧密联系在一起。所有这些，我们在"中山诗群"的作品里偶有触及，但似乎还没有能够很好地进入，这些历史文化积淀应该在这个诗群的集体意识里有更多的展示和体现。①

我们常说，民族的就是世界的，同理，地方的也是全国的，关于这一点，前文也已有论及。因此，这绝不仅仅是梁平个人的想法，也不仅仅是中山诗群的问题，这应该是中山整个创作群体应共同努力与重视的问题，对于本地域的认同与抒写是一种责任和使命，也是促进群体和创作水平成熟的重要路径。

---

① 梁平：《一个命名的生成与确立的期待——给中山诗群的一封信》，中国作家网，http://www.chinawriter.com.cn。

香山文化标志性成就的生成与传承

民俗文化的无边魅力

我国著名散文家、民间文艺学家、民俗学家钟敬文老先生在他的作品《民俗文化学梗概与兴起》中谈道："民俗文化，简要地说，是世间广泛流传的各种风俗习尚的总称。民俗文化的范围，大体上包括存在于民间的物质文化、社会组织、意识形态和口头语言等各种社会习惯、风尚事物。"[①] 我的理解是，民俗学是一门针对信仰、风俗、口传文学、传统文化及思考模式进行研究，来阐明这些民俗现象在时空中意义流变的学科。民俗学与发生在我们周围的各种生活现象息息相关。尽管人们不一定能意识到自己的生活对整个社会具有多大的意义，他们在日常交流中所展现的一切，对文化的传播和保存起了什么样的意义和作用；但是，有关人类活动的一切细节，都可以作为民俗学者的研究对象；而且其中还包含和传达着重要的文化信息。

鲁迅先生曾在一篇随笔里这样评价过民俗文化的作用："一切文物，

[①] 钟敬文：《民俗文化学》，北京：中华书局1996年版，第97页。

都是历来的无名氏所逐渐的造成。建筑、烹饪、渔猎、耕种，无不如此，医药也如此。"①由此可见，民俗文化是人们在长时期的生产、生活中所创建和传承下来的各种风俗习尚。

民俗文化来源于民间，对于研究地方文化、记录地方文化有着不可小觑的作用。如贺敬之的《白毛女》、广西的刘三姐等，这一类的作品，其本源都是来自于当地的民俗文化，同时也是当地民俗文化上升到艺术层面的具体表现。

很多城市已经加紧了对自我文化的保护、对城市之根的挖掘。正如澳门就有一本《未命名的章节》，据说就是一些二十多岁的年轻人，将一些正在消失中的属于澳门的、具备澳门文化特色的东西一一收集、记录下来。他们对澳门的情感、对历史的珍视，打动了许许多多的人，为澳门这个混血文化历程的个体做了鲜活的历史记录。一系列的事件使他们最后决定以澳门消失中的事物为题材，从80多项具有代表性的人、事、景、物四大部分中选择了20多项，放进书中。而中山是一个都市化进程中特殊的例子，中山由24个镇区组成，既有都市繁华现代的一面，同时很多镇区又保留着古朴的一面。民俗，成了中山较之其他城市更为独特的一面。因此，在中山，关于民俗文化的文字创作，显得更加的丰富有趣。

在中山，时间也在慢慢消磨着很多古老特色，这就需要我们在及时保护这种文化传统的同时，以一颗热爱的心和一种细腻的笔触，对其进行多方面的记录。吴竞龙先生就是这样一类热爱中山民俗文化、善于发掘民俗文化的杰出作家。他用自己的文字呈现了中山不同时代的民俗风貌、名人轶事，构筑了一个活色生香的全面的中山。

吴竞龙的一篇讲述小事物的文章《曾经风靡中山的儿童游戏》，带着

---

① 鲁迅：《鲁迅全集》，拉萨：西藏人民出版社1998年版。

浓浓的童真和童趣。他的《珠三角最后的"人民公社"》一文也十分有趣。改革开放已经三十多年了，可在改革开放的前沿地中山，居然还保留着一个"人民公社"？这到底是怎样的一个"人民公社"呢？读罢此文，你不仅找到了答案，还可能生出要去这个最后的"人民公社"走一走、看一看的念头，尤其是经历过人民公社那个时代的读者。

体现中山风情的民俗文化作品，更多的源自民间，也就是出自鲁迅先生所称颂的"无名氏"之手。这些作品，辞藻并不华丽，甚至有那么一点俗气，那么一点市井，可是读者们看到的却是最真实的、最风情的中山。

"第一穷朝朝眯到热头红，第二穷好打官司逞英雄，第三穷丧失机会头槽槽。""一块树叶养条虫，天有绝人之路，肯捱就得。卖档蔗唔系好办法。""做人要正直振作，唔好烂挞挞否未。呢件物否晒，跛脚行路左否右否。"这些中山口语中的句子，不但中山味十足，同时也是中山人对子孙要勤劳善良的淳朴的教义。

还有"阿妹细，朝朝晚晚梳只蝴蝶髻，胭脂搽得确美丽。买只鸡公、鸡栏都唔系，买只生鸡半路啼。啼乜事？啼我爹爹妈妈八十齐——满堂子孙真溶裔，大家欢欢喜喜贺来饮醉。""富亲嫁上港，毛亲姊妹嫁落塘。姐夫卖麻糖，卖剩捧粒得细姨吃。细姨唔舍得吃，安得匿鞋屧。鞋屧娜，苔踞倒，姐夫伺觑笑座座。"这两首脍炙人口的中山儿歌，同样也反映出中山人对于幸福简单朴实的追求：一家人亲贤子孝、和乐融融便是最好的生活。

从诗人们的反复吟咏中，我们也看到了属于民俗的一种神采，如丘树宏的《醉龙》：

　　我们的醉龙！

没有千钧力，哪敢舞醉龙——

舞醉龙哟舞醉龙，

舞的是火，

舞的是风；

晴天舞得起霹雳，

雨天舞得起彩虹。

没有豹子胆，

哪敢舞醉龙——

舞的是天，

舞的是地；

……

诗人善于挖掘中山各镇区民俗中生动引人的部分，并通过诗歌幽美的笔触，将其完整甚至更为华丽地展现出来。以杨官汉的又一佳作《西区长州醉龙舞》为例：

敬酒、灌酒！

酹酒、泼酒！

出庙的醉龙纵情狂舞，

舞龙的汉子更加抖擞。

与其在沉闷中蛰伏，

不如在阳光下醉倒！

动地的鼓点是龙的心跳，

轰鸣的鞭炮是我的呼号。

与龙共舞，心也飞翔，
舞落漫天星斗；
与龙共醉，酒入豪肠，
是破壁腾飞的感受。

舞醉龙，酒醉心清，
醉龙舞，醉极犹醒。
舞龙的汉子有了龙的灵性，
飞舞的醉龙有了人的大脑。

杨官汉在他的诗歌作品《鹤舞》中对中山民俗舞蹈风貌有生动别致的描摹：

有蚌蛤相嬉，
有鱼虾相亲，
泽国千里，
你只踮一只脚，
独立风尘。

有鸟语花香，
有清风乐韵，
长空万里，
你昂起一点丹红，
破雾穿云。

醒狮麒麟雄壮威武，

金龙银龙五彩缤纷，

你舒展轻盈，

以一身素净，

超越了世间无数激情。

通过场景的描写，将沙溪申明亭一场极具广东特色的民间舞蹈的表演场面淋漓尽致地展现在读者面前，使读者仿佛也感受到这种民间表演所带来的热闹与欢乐。在杨官汉的作品《飘色》中，他以"一个一个盛妆少男少女，轻盈得像她们的衣带，甜蜜得像她们的微笑"这样的句子，让读者感受"飘色，珠三角泥土味的空中舞蹈"这一种民俗活动带来的节日气氛。他更在诗中写道："撒一路逶迤的五线谱，播一路浓浓的南国风情；乡下隐姓埋名的艺人，把梦境中的辉煌再造。"将中山黄圃镇飘色这一民俗活动上升到了艺术的层面，使更多的人渴望了解中山民俗，渴望参与中山民俗。

作者写出这些诗歌的笔，此时俨然变成了一部相机，不断按下快门，然后不断捕捉着这些来自中山民间的精彩。这些不断跃动的画面，让读者们时而歌，时而舞，时而举杯，时而陶醉，仿佛每个标点都变成了音符，敲击出醉龙舞那古朴却刚烈的节奏。

闲言碎语中山装

《三国演义》里，刘备曾说："兄弟如手足，妻子如衣服。"于后半句，我们似乎一方面看出中国人尤其是中国男人对衣服的态度，而另一方面中国男人对女人的态度在此也有所表现，但大概已被女人对衣服的态度给消解掉了——你说"妻子如衣服"那又何妨，因为"多数女人选择丈夫远不如选择帽子一般的聚精会神、慎重考虑"（萧伯纳语）。换句话说，在女人这儿，丈夫还不如衣服！饶舌至此，不过是为了说明衣服在中国人的历史中一直被视为一件不足挂齿的小事，可这小事往往又能以小见大。让国人以小见大、煞费心神的服装便有一例——中山装。

光是中山装的身世来历就有传奇曲折的好几个版本可供选择，其中较为确凿的一个版本是：1911年10月10日，武昌起义胜利的消息传遍世界，裁缝出身的服装设计师黄隆生听到这一振奋人心的喜讯，立刻从越南回到了祖国。当时革命党人服装繁杂，有穿洋装革履的，有穿土式长袍的。有人提议统一服装，但到底应该穿哪种式样呢？孙中山先生难以定夺，就委托黄隆生设计制作一种与众不同的新款式，要求既要有中华民族的传统特点，又要适合当今世界潮流之趋势。黄隆生接此重任后，参考了多种服装的样品，经一番周密的思考，制作了以英国学生制服为设计蓝本的样品，交给孙中山先生过目，当即受到孙中山和革命党人的欢迎。孙中山先生还连声称赞："好！好！好！"这便是人们喜穿的中山装。

中山装的款式看似简洁，内里却蕴含了复杂的意思：从形式上来看，中山装紧收颈部的衣领是一种压力与危机的象征；前襟的四只口袋标志着"礼、义、廉、耻"四大美德，并认为此为国之四门；门襟的五粒纽扣则代表国家行使的五权"行政、司法、立法、考试、监察"；衣袋上的四粒纽扣则含有人民拥有的四权"选举、创制、罢免、复决"；袖口上的三粒纽扣则寓示着"民族、民权、民生"三大主义的原则。

中山装在具体的细节上也很讲究：春季、秋季、冬季用黑色，夏季用白色；南方人喜用浅色，北方人惯用深色。还比如在它的左胸袋盖上，就留着一个专门用于插钢笔的笔洞，中国特色和世界文明结合得天衣无缝。作为中国现代服装的代表，它在许多细节上都体现了现代文明的痕迹。

话说到这儿，中山装的显赫身世已见一斑，只不过对于"中山装在民国时期如何普及"这一说法，本人一直持有疑问：老舍先生就曾在他的《四世同堂》中提及，身穿中山装在民国初年也是颇为大胆的一件事。直到后来孙中山先生的大力倡导，民国十八年（1929）中国国民党中央政府通令，将中山装作为国民党党政官员的礼服，并在宪法中规定：文官宣誓就职时一律要穿中山装。如此一来，中山装得以推广，可基本还是官政要人的一种标志性着装，当然也为进步青年、有为之士所喜，但与一般平民百姓的生活还是有距离的。

在我看来，中山装的确是中国近现代男装中颇具贵族风范的衣装。中国男装的近代史被人评价为"平淡"，似乎是不争的事实，张爱玲曾指出：只有在"民国四年至八九年"之间，男人的衣服变得颇为花哨，"滚上多道的如意头"，且"男女衣料可以通用"，这偶尔为之的短期的"不平淡"就被视为"天下大乱的怪现状之一"。① 之后当然还有西装的出现，但也是"遵守西洋绅士的陈规"，颜色常年地在"灰色、咖啡、深青里面打滚"。当时的中西男装都十分"谨严而黯淡"，以至于张爱玲发出"男子的生活比女子自由得多，然而单凭这一件不自由，我就不愿意做一个男子"② 的感叹。尽管如此，以中山装的出身、经历以及穿着者的范围、阶层而言，窃以为，就算是在质地、图案、款式、色彩的单一朴实之中，中山装也还是硬生生地向外争得一种贵族气。

无论是传统的还是改良过的新式中山装，看上去都很气派，但并不见得适合每个男性穿着，中山装对着装人是很"挑剔"的。众所周知，

---

① 张爱玲：《流言》，北京：北京十月文艺出版社2006年版，第64页。
② 张爱玲：《流言》，北京：北京十月文艺出版社2006年版，第64页。

中山装的着装人不能太胖也不能过矮，否则就没了衣服本身所赋予的气质。如同旗袍加于女子，并非每一个女子都适合穿旗袍并且能穿出旗袍的韵味。由此，我对中山装素来有一偏见："庸脂俗粉"的男人切勿穿戴此行头，否则真是惨不忍睹，滑稽可笑。经常可见一种情形便是：传统的中山装在以"五四"运动为背景的电视电影里亮相最多，往往都是穿在热情洋溢、绝不妥协、有着强烈责任感和远大抱负的热血青年身上。于是，但凡要体现正气持重之时，有人便将中山装当戏服穿，并在脖子上围一长巾，向后飘去，十分文艺，又往往与今时今日今人之脾性相去十万八千里，想佯装"觉民、觉慧"之类，可偏偏连"觉新"都不是，往往气派不正，相"中山装"之形而见绌，是"衣穿人"的失败典型。范柳原再风流倜傥，也只能穿白色麻质西装。若然中山装加身，他和白流苏就成了《色戒》里头的男女。周朴园一身长袍就是经典，若然中山装加身也成了另一个人。

人与衣服是皮相与环境的关系，一个是体，一个是面，体面体面，人的形象还真是跟服装有着千丝万缕的联系，因为每个人都是"住在各人的衣服里"①，中山装正是一种在政治局势混乱期间，人们尚无力完全改变他们的生活情形，只好先在形式上、态度上改造其"贴身的环境——衣服"②的历史见证。穿着中山装，国民一度找回了失落了一个世纪的自信。所以说，中山装给人以一种信心和力量，蕴含着设计者强烈的主观意愿和设计理想，并与中国历史的背景和使命相融汇。中山装是一种能把一个人的内在由里向外倾吐的服装，穿起它让人感觉很正式而又没有距离感，得体服帖修身，仿佛自有一种正气从心底释放出来。

---

① 张爱玲：《流言》，北京：北京十月文艺出版社2006年版，第62页。
② 张爱玲：《流言》，北京：北京十月文艺出版社2006年版，第62页。

然而，有人担忧这种自信心的建立其实源于一个被神化了的领袖，当有一天神化的面纱被揭开后，中国人的信仰便会处于真空状态。我们的确看到，随着改革开放的深化，打开的国门让中国人看到了西方的繁华，看到了30年被禁锢的悲哀，也看到了在中国的服装产业蓬勃发展、形形色色的服装一路增光添彩的今天，中山装却早早地退出了常式礼服的历史舞台。在今天，中山装与一般平民百姓的生活依然遥远——传媒上某国家领导人身着中山装参加国际重要会议，某位明星大腕穿着中山装参加国际性颁奖典礼，某歌手身着中山装开演唱会……从这些零零落落的身穿中山装的背影，从这些有关中山装的凤毛麟角的报道，我们的确感受到了国人对中山装的那份执着与不舍。中山装作为一种文化、一种历史深深的烙印，较易引起许多国人反思、怅惘、失落、寻找。我们也的确听见一些人的呐喊，虽则激越但不无道理：近一个世纪过去了，中国人想赶英超美，想屹立于世界民族之林，想着共产主义理想事业，却似乎从没有想过要找回自己的民族精魂。这种无根的漂泊状态，表现在我们一方面在寻寻觅觅谋求民族的强大兴盛，另一方面却在藐视自己的传统文明。这种矛盾状态其实来源于民族自信心的不足，它最直接的后果，便是我们在追求民族进步中却失去了更多，这其中就包括丢掉了自己的"国服"——中山装。

　　中山装作为中国人一度推崇的常式礼服，所承载的不仅仅是一种文化、一种礼仪、一份民族自尊和自豪感，它承载的东西还有很多很多。在节日或重大庆典活动，当我们看到韩国人的韩服、日本人的和服、苏格兰高地男子的褶裥短裙和东南亚一带马来民族的纱笼时，其他民族的特色服装怎能不让我们想起我们的中山装？怎能不让我们在赞叹他人绚丽多姿的民族服饰之美时情绪复杂、黯然神伤？一个民族的整体记忆该有多么珍贵啊。

我时常觉得，衣服与音乐有一点非常可贵的相似之处，就是可以使时代和生活场景定格，成为我们追忆似水年华的轨迹。我们顺着这轨迹往回走，可以找到以前的许多。"回忆这东西若是有气味的话，那就是樟脑的香，甜而稳妥，像记得分明的快乐，甜而怅惘，像忘却了的忧愁。"（张爱玲语）中山装，不知承载了几许樟脑的香氛，几许国人的回忆和梦想，我们透过它回想过去的世界，回想过去世界穿中山装的男人——正派、自信、大方、严谨。我曾经说过，社会的进步使人中性化了，只有在 20 世纪二三十年代的电影中，才能看到很女人的女人和很男人的男人，很男人的解释是稳。很男人的男人穿着一身中山装，走在旧时代的薄暮暗夜之中，四平八稳的沉着，象征了中国人不变的审美理想，一种那个时代所期冀的清明气象，一种新兴的人权主义，一种真切热忱的人生态度，一种含蓄可感的性感尺度。如果说把旗袍穿得好看的女人像一缕诗魂，美得让人心痛；那么，那样虚弱的年代，那样硬气的男人，一个人整个就像一首词了，既婉约又豪放，同样耐人寻味。

电视纪录片里的中山味道

一、回归的力量

最本真的智慧最有冲击力。自然生态的、传统风俗的、风土人情的，一张张淳厚的面孔，一声声质朴的乡音，干净、平稳、喜悦、满足。这就是第一次在中央电视台 9 频道纪录片台无意间发现《味道中山》的感觉，由于是本地电视台的出品，反映的又是自己生活的这方水土的真实世界，所以加倍惊喜。制作方预先告知本片的三大主题：大自然的和谐，劳动的喜悦，对传统文化的传承。个人认为，本片其实总体而言围绕三种寻根的情结——自然生活的根、传统文化的根、过去岁月的根——描述了三种味道——家乡的味道、记忆的味道、人生活着的味道。这样的主题不得不说是有深度的，并且赋予影片简单而怀旧的美感。人生与美的最高境界不过就是真诚的情感，从这一角度来看，该片受到业界与观众的肯定不无道理。

此外，为了配合以上三种味道，本片在选角上力求质朴自然，突出家庭生活，突出中山人个性中的务实平和。从本片主题上的人性回归，我不禁联想到伟大的古希腊人，那些奇迹中有一点是在中山人身上也可以看到的：他们看似百无禁忌、嘻嘻哈哈，实则坦荡、坦白、坦然、坦诚，扭曲与阴暗不可能滋生；他们有着热情投入的生活态度，他们是相信并且营造美好现实生活的高手，堪称朴素的唯物主义者和真正的乐观主义者；没有遥不可及的彼岸幸福，没有精神与肉体、理想与现实之间的功利纠结，他们身心的宽厚、平和，使得很多东西全都可以理解了。从表现这种中山生活的客观状态上讲，本片做到了；如果从人性升华的主观立意上讲，本片尚未完全做到，还有更大的空间去展现——漂亮的人、漂亮的饮食、漂亮的城市、漂亮的生活……这一个多么精彩的中山世界。尽管人间没有柏拉图杜撰的理想国，尽管人间还是有着愁苦和悲哀，生活始终是不可捉摸的，但怎么也不足以消解掉生命本身的华美、纯净、悠扬。我想，这是用心的观众希望看到的。

二、美学问题与分寸感

从美学的角度来看，本片无论是镜头的运用、旁白的处理、拍摄对象与切入点、配乐、剪辑、节奏与细节以及章节设置等等，都充分体现了一种淡然、浑然、亲和、温暖甚至有那么一点点怀旧的美感。影视艺术是综合的艺术，该片基本做到了整体和谐，并且有一种清新乡土的气息如影随形，让人感觉到生命与生活的美好氛围。

此外，表现手法的真实性与艺术性一直是纪录片的一个拿捏点，味道少了像科教片，多了像影视片。纪录片的独立品格如何得以最大地呈现，一直都是值得琢磨的问题。近年来奥斯卡颁奖礼上屡获殊荣的小制作纪录片，不失为我们地方台走向成功、自我摸索的上佳策略。在观看本片过程中，我也曾想到过李安导演的《饮食男女》，《味道中山》从主题到多条线索同时进行的穿插叙事方法与之都有那么几分相似。纪录片借鉴电影拍摄手法的趋势近年来势不可挡，也是各种艺术形式跨界交流提升的表现，分线叙述的方式在纪录片中增加便是一例。但如何恰当地运用，使之更为紧凑准确，倒是口味未必一致的观众与专家共同关心的问题。

作品技术上的处理如果各有不同的话，美学上的选择就值得认真推敲了。有人认为《味道中山》应该有宏大叙事的背景，天人合一的点化，文化融合的背景；认为片子有点缺少意志和精神，还有普世价值等问题。在这一问题上，我一直觉得，美是个难题，取舍间还是应以整体效果为要。正如张爱玲所说："人生的所谓'生趣'全在那些不相干的事"上，她从不愿用"文眼""主题""意义"这类的东西来约束文章，也讨厌整齐划一、机械有序、显而易见的表现手法。本片恰巧在生活气息的捕捉上有亮点：对平民日常生活的怀恋、对家庭生活的赞美、对乡土生活的热爱，其实该片在这些主题的表现上是或多或少、有意无意地规避了北方大台那种主流文化的优越感，其智慧偏偏是琐碎细节背后的不寻常。只是在以什么眼光观看世态时，在享用美食大餐的同时，少了些生命的悲悯和不可理喻，致使作品缺少一种疏离的美感，个性化的神采不足。国内其他一些地方台也有类似出品，在表达对世俗美的热爱的同时，也都一致呈现出耐人寻味的同一个问题——不够心思细密，不够跳脱俗套，不够宁静致远。

如果说该片在感觉上接近《舌尖上的中国》，这一方面说明该片制作具有一定水准，另一方面仔细品味还是有所不同：一个是大江南北，一个是岭南风土；一个是有如章回体小说般结构严谨、博大精深，一个有如乡土散文般流畅清新、娓娓道来。当然，地方特色是突出了的，但对岭南文化体系中的中山特色的细化不够，准确的区分在哪？关于中山本土饮食在珠三角地区甚或整个岭南文化中的定位没有给予清晰的表述。还有就是在铺陈饮食文化的主题时，对于生态环境的保护缺乏交代，这一问题使得本片的制作效果还是略显仓促。

三、后续创作的思考

纪录片《味道中山》共分6集：捕捞美味、山林食谱、早餐诱惑、季节味道、天地农家、鱼米之乡。在创作结构上，创作者如何在续集的编排上做出更别致缜密的考量，使整体思维与主题更为呼应？在回归"劳动与传统"的主题时，如何突出本地人鲜明个性？如何钩沉中山在时间与地域的坐标轴中的恰当位置？如何构筑饮食文化在中山本土文化中的族谱？如何凸显一座山、一条河、一方人、一座城、一种根？是否可以将传统地方典故俚语与某一经典菜肴以对应关系组织起来，以对应某一文化特色的方式进行细致表达？这一系列的问题促使我们的创作者继续前行。但我们应该坚信，谨守、始终如一的原则依然是"本土的就是世界的"。

所谓的创新思维，不外乎还是对于"从哪里来，到哪里去"这样的传统哲学思辨的把握，如果这一思考没有进入纪录片的表达视野，必然会使得片子的灵魂无法升华。创作者到底要以美食的名义达到什么样的目的？如果生命就是一场盛宴，连接其间的是一盘盘美味佳肴，那么在饮食的背后就是"食色，性也"，是形形色色饮食男女心里最纤微的皱褶。要让观众明白里面藏着些什么，还要用最不经意的朴实态度把它讲述出来，因为那些画面背后的惊人思想，才是最让人回味的。

慈善文化的力量①

一、慈善万人行— -每一个脚印都是奖章

人人为我,我为人人,不同年龄、不同性别、不同阶层、不同地域、不同族群的人都走到一起来,共同参与到"慈善万人行"活动中去,在一个户籍人口148万、外来人口150万的城市,20多年来不间断地通过义捐、义卖、义演、义诊、义修、义务献血和心理辅导等形式,为罹受灾难的人送去信心和力量,为老弱病残者送去爱心和希望,为贫困孤寡者送去温暖和坚强,为心理疾病患者送去抚慰和安康,在市民心中点亮了"人道、博爱、奉献"的明灯。这支由捐赠者、受助者、志愿者、表演者等组成,融地方民俗文化、社区文化、企业文化、华侨文化等于一体的"中山慈善万人行"队伍,以大型的综合性、群众性的巡游活动教育人、激励人、吸引人,最大限度地整合社会资源,推动红十字事业的大繁荣、大发展。还是让以下这组数据来说话吧:整整23年,超过300万人次参与,超过120万人捐款,募捐总额达6亿多元,投入1.94亿元援助困难家庭,投入1.8亿元建设了67个公益项目,拨款1.44亿元用于国内赈灾36次——这是怎样一幅全民参与、万众一心的壮丽图景啊!她所积累的当然不是历年大型活动的宝贵经验,不是场面热烈的盛世虚华,而是爱的欢乐与力量。在今天这个时代,"信仰、理想、奉献、大爱"这些人性的圣火似乎已经变得遥不可及、不可理解了,我们生活中那些清清浅浅的私人关怀,自我经营的清醒盘算,情感冷漠、人性异化、科

---

① 该章节相关研究数据来自《博爱中山——慈善万人行20周年纪念》专辑,中山红十字会,2007年2月。

技恐慌、忧郁绝症……所需要的不正是这些人性火炬的照亮吗？

人杰地灵的中山不仅有孙中山，当初叱咤风云的上海滩四大百货创始人皆是中山人，还有赫赫有名的容闳、郑观应、阮玲玉、肖友梅等等历史人物。中山无疑也是改革开放的受益者，到过中山或者曾经与中山有过交集的人谈起中山，不应仅仅对古镇灯饰、威力牌洗衣机、沙溪时装展、华帝燃具等拳头品牌留有印象，也不应仅仅为珠三角"经济四小虎"的身份而津津乐道。中山的富裕有双重含义，一是物质的，一是精神的。富裕起来的中山人没有忘记与他人共享这份幸福与快意：1987年底，中山市委、市政府发起了中山敬老万人行活动，成为慈善万人行的前身。自此以后，集结的人数越来越多，活动的主题也愈加宽泛，全社会的弱势群体都被纳入帮助的视线范围。2010年，以"博爱·和谐——让城市生活更美好"为主要元素的慈善万人行展示项目，在全球80多个城市提交的106个案例的激烈角逐中获邀参展2010年上海世博会，成为城市最佳实践区的代表，这也是所有入选主题中唯一一个获邀参展的慈善主题项目。以"中山慈善万人行"活动为主题衍生出的一系列慈善事业，促进了社会团结互助，培育了市民的仁爱之心，改变了市民的精神面貌，使城市生活更加欢乐祥和，更加幸福美好。1998年中山市获"联合国人居奖"；2004年"中山慈善万人行"活动获全国"精神文明建设创新奖"；2005年中山市获全国"首批文明城市"称号；2006年中山市初步建成"广东经济社会协调发展示范城市"；2007年中山市被评为"中国最具幸福感城市"；2008年，"中山慈善万人行"被评为"中华慈善奖"最具影响力慈善项目。

就算慈善万人行在慈善公益方面的巨大成就可以忽略不计，它在构建和谐社会、提升公民素质、深化人格教育这些方面也同样功德圆满。它既是世态人情的精神抚慰所，也是人际关系的润滑剂，集结了许多人的光荣与梦想。慈善万人行，潜移默化地熏陶着这块名人故土上的子民，中山先生与无数文人志士所追求的理想似乎正在这片土地上润物细无声地成为现实。

二、23年，爱比天大

慈善万人行——这一可以称为史上历时最长的一次慈善与爱心的行为艺术，也是爱心赠予覆盖面最广泛的活动，不知是不是先人"中山"的大爱气质氤氲了这片南方热土，今日的乡亲们没有辱没博爱之名。23年来，我们感受了一种骨骼拔节的声音，一个城市的脊梁由此生成，城市文化在大爱无疆中生成——

百岁义工胡汉伟，生于1906年，义工做了40年，慈善万人行参与了20届，自己捐款、发动捐款，动员已60岁的邻居"小青年"参与慈善活动也已经几十年，他们亲如家人，"小青年"也放弃了当初的乖张性格与行为。他的爱心影响的又何止是一两个人，他的儿子年义务工作量逾500工时，他的儿女亲戚都加入了红十字的志愿者队伍。什么患有传染性疾病的孤儿，什么患乳腺癌的女士，他帮助的对象百无禁忌。他原来病弱的身子也随着他的社会服务而逐渐硬朗起来。

1922年出生在横滨的吴桂显，九一八事变后曾回中山读书，后又回到日本协助父亲开餐馆。20世纪50年代初，身为日本多家餐馆的经营者、四个孩子的父亲，他还以半工半读的方式在日本政法大学就读政治系。聪敏勤奋、创业有成的他在多重生存压力之下，依然陆续捐助了教育设施十几栋，建立了吴桂显基金，奖励范围遍及中山大中小学校的师生。他甚至不惜变卖在日本东京繁华地段的房产，捐资2亿日元（折港币1 200万元）用于中山教学设施的改进。本可养尊处优、颐养天年，但直到生命的最后一刻，他依然在为中日交流、家乡教育竭尽全力。据不完全统计，自改革开放以来，他先后为家乡捐资合计3 700多万元。

中山市完美集团的古润金，其父是漂洋在外的马来西亚老一辈侨领，艰苦创业事业有成之后回国投资，为的是对乡梓有所回馈。在父亲的影响下，他颠覆了我们对富商的看法，在我们讥讽贫穷得只剩下钱的社会现象时，他的心却越来越柔软，他如今的慈善捐款已经逾两亿元人民币，慈善捐赠已经成为他的生活方式。他常说自己不是什么大慈善家，但他却用一生担起了侨商的公益梦想。他把慈善事业当作社会财富的第三次分配，分配的对象是弱势群体，分配的性质是功德无量。他坦承当初发现许多比他有钱的企业家没做慈善时内心的确不平衡，后来顿悟，有舍有得才是平衡，心安理得才是开心。

还有将慈善进行到底的白发阿婆，身住颐老院的郑阿婆执意向红十字会捐钱捐物捐器官，似乎要在自己生命的最后一站，把仅有的都拿出来；"我献血，所以我快乐"的杨顺德，曾经目睹的一场事故，让50多岁的他徒步穿越多个省市宣传无偿献血，足迹遍及中山和其他各处，5年穿破33双解放鞋，献血也改变了他的人生。

三、中山，带着春天上路

平心而论，中山这样一座城市，就算她不是一个现代化国际大都市，就算她的外貌温润平和，总体风格低调含蓄，但还是有一种君临天下的幸福感。这个城市所传达的是多少国际化大都市所缺少的东西，那是一种小城故事的发酵流香，什么人间的粉墨峥嵘在此都一一隐去了。

感动是什么？她是造化在弄人之余给我们准备的生命的奥妙与完美的心意，她是多年生活集结沉淀的内在情愫。心就像一个封闭的蛹，沉淀了岁月与忧伤，才会飞出斑斓的彩蝶。她也是童真，有一个"月光手帕"的故事：小姑娘误将屋内地上的一方月光当作白色手帕，弯腰去捡拾时，手指触碰到冰凉的水泥地，周遭被世故磨炼的眼睛轻易就发现了月光的破绽，因而也失去了捡拾美和感动的机会，甚至连遗憾也失去了。

于此，我们可以肯定，不是每一种感动都是电光火石的瞬间，不是每一种感动都是摄人心魄的泪水——有一种感动叫坚持，有一种感动叫传承，有一种感动叫爱的喜悦。行云流水是爱，月光星子是爱，花瓣雨丝是爱，日日相守是爱，生活中爱的常态往往不是英雄故事，不是奋不顾身的壮怀激烈，也不是人生节庆时的炫目赠礼。爱不是尘封的传奇、生硬的口号，爱有时就这么简单——她是两人一张棉被、一人一瓶清水，她是最安全的堡垒，她能让我们在梦中熟睡——这就是中山"慈善万人行"感动中国之所在。

慈善万人行给我们的启迪是久远的，中山人的行为给我们的启迪是意味深长的。她为人性中的高贵、明朗、博大提供了充满行动力的载体，她为爱与奉献找到了具体朴实的表现形式，政府与平民有了一座平等对话的桥梁，红十字会与社会各界在这个交接点上水乳交融，幸福、快乐、热忱、温情、博爱、慈善、人道，一切富丽堂皇的辞藻在这里都脱去了其抒情华丽的外衣。在这里，我们找到了更日常、更深刻、更特征、更细节、更灵魂的依托。她可抚可摸可感可知，她是由点点滴滴的烟火人气搭建而成的精神圣殿。她告诉我们，爱不在嘴上，不在脸上，爱在心里。她真实到就在我们的血液中流淌，在这个城市的血液中流淌，在这个民族的血液中流淌。

这爱，流动在干净节制的城市建筑上，流动在像下午茶般生活的市民中间，也流动在时光沉淀的巷弄骑楼市井墟市之间，这是一种不需要任何想象力而耐人寻味的东西。她是传统，她是积淀，是爱的开始和延续。这条路没有黑暗，一直通向生命的远方。这条路没有严寒，一直依偎在春天的土地上。回首来时路，留下的都是感动。

这感动，与岁月无关与枯荣无关，与一切的功名利禄皆无关。慈善万人行的意义就是如此的简单而深刻——人间的青草地需要时时浇水，爱永远是生命之树常青的源泉。每年元宵佳节，这座小城春暖花开、万人空巷、人人同欢、爱潮涌动，选择在新春佳节来做这样一件事情，绝对有着深长的意味。中山，正成为一个盛开在春天的童话。